KB093714

선생님은 1학년

선생님은 1학년

펴낸날 2016년 4월 1일
지은이 민상기
펴낸이 민희진
디자인 편집부
편집 편집부
이미지 Guillermo del Olmo/Shutterstock.com
펴낸곳 연지출판사
신고번호 제2015-000001호
신고일자 2015년 1월 2일
주소 광주광역시 서구 월드컵4강로 109 서광주우체국 사서함 105호
전화 010-2960-7982
팩시밀리 0303-3444-7982
홈페이지 www.younjibook.com
전자우편 younjibook@gmail.com

ISBN 979-11-86755-20-4 03810

값 12,000원

*이 도서의 국립중앙도서관 출판예정도서목록(CIP)은
서지정보유통지원시스템 홈페이지 (http://seoji.nl.go.kr)와
국가자료공동목록시스템 (http://www.nl.go.kr/kolisnet)에서 이용하실 수 있습니다. (CIP제어번호 : CIP2016005236)

27살 총각 선생님의 1학년 교단일기

선생님은 1학년

민상기 지음

연지출판사

목차

2학기

*책에 실린 아이들의 이름은 모두 가명입니다.

프롤로그

교대 졸업 후 처음 부임한 학교. 처음이라는 단어는 언제나 희망과 설렘을 준다. 처음으로 교사가 된 나는 사랑과 열정으로 동화책 속에 나올 법한 행복한 교실을 만들 수 있다는 자신감으로 충만했다. 마치 이 세상에 참 교사는 나밖에 없는 것처럼 말이다.

군 전역 후 내리 2년 동안 6학년 담임을 맡았다. 남들 눈에는 부족하게 보였을지 몰라도, 나 스스로는 "그래도 잘 가르쳤다."며 만족스러웠던 2년이었다. 그렇게 6학년 아이들을 졸업시킨 뒤 내년에는 몇 학년을 가르쳐야 할지 고민하던 차에 1학년 담임을 해보는 게 어떠냐는 제안을 받았다. 물론 고민하지 않고 승낙했다. 사실 학년은 그렇게 중요하지 않기 때문이다. 나는 어느 학년의 담임을 맡든지 참 교사로 살아갈 자신이 있었다.

"남자다!"

3월 2일 입학식 날 아침, 교실에 들어오던 한 남학생이 나를 손가락으로 가리키며 외쳤다. 깜짝 놀랐지만 전혀 예상하지 못한 건방진 모습에 피식 웃음이 났다. 지금 생각해보면 당연한 일이었다. 유치원이나 어린이집에서 늘 여자 선생님만 봤을 텐데, 새롭게 온 곳에서 남자 선생님을 만나니 얼마나 신기했을까.

입학식 10분 전, 30명의 아이들이 모두 자리에 앉았다. 사실 남는 시간이 있을 거란 예상을 못해서 준비한 것도 없었다. 그래서 별 생각 없이 동요를 틀어주었는데, 아이들은 엄마를 바라보며 "어? 노래다."하고 따라 부르기 시작했다. 함께 노래하자고 시킨 것도 아닌데, 그저 동요가 들리니 배시시 웃으며 따라서 부르는 거다. 어찌나 귀여운지, 앞으로의 1년이 너무나 기대됐다.

1학년 5반 아이들과의 첫 만남은 그렇게 시작되었다.

학교 종이 땡땡땡

학기 초의 학교는 각종 행정 업무 때문에 언제나 바쁘다. 특히 1학년은 더욱 그렇다. 아이들이 모두 돌아간 빈 교실에서 열심히 일을 하던 어느 날, 한 남자아이가 교실 뒷문을 스르륵 열고 들어왔다. 우리 반 지호였다. 지호는 자연스럽게 교탁 옆으로 와서 내 볼펜, 자, 가위를 만지작거리며 신기한 눈으로 쳐다봤다.

"왜 집에 안 가고 있어?"

"엄마가 1시 30분까지 학교에 있다가 오래요."

"그래? 그럼 저기 동화책 있으니까, 책 읽으면서 기다리고 있으면 되겠다."

그때 마침 5교시 시작을 알리는 종이 울렸다. 수업 시작종이 신기했는지 지호는 교실을 이리저리 살펴봤다.

"선생님, 방금 그 소리 어디서 난 거예요?"

"저기 위에 있는 구멍 보이지? 저기서 나는 소리야."

"소리가 왜 나요?"

"지금부터 공부를 시작하라는 소리야."

"여기 아무도 없는데요?"

지호는 교실에 공부할 사람이 없는데 종이 왜 울리는지 물었다. 제법 일리 있는 말이다.

"5, 6학년 형, 누나들은 아직 학교에 있거든. 그래서 종이 울리는 거야."

"그럼 거기만 치고 여기는 칠 필요 없지 않아요?"

말문이 막혔다. 실제로 지금 우리 반 교실에는 수업 종이 필요 없다. 키보드를 두드리던 손을 잠시 멈추고, 지호를 바라보며 말했다.

"그렇게 하면 복잡해서 모든 종이 한꺼번에 울리게 만든 거야."

잠시 생각에 잠긴 지호는 시무룩한 표정으로 다시 교실 여기저기를 구경하기 시작했다.

내 대답이 옳았던 걸까? 조금 더 생각하고 말했으면 좋았을 걸 그랬다. 대답하기 전에 먼저 "왜 종이 치는 것 같아?"라고 물어봤으면 어땠을까? 나는 왜 수업 종이 치는지에 대한 의문을 가져본 적이 없다. 그건 언제나 수업을 알리기 위해 울려 퍼지는 당연한 소리였다. 그래서 지호의 질문을 듣고 '그저 당연할 뿐 생각할 필요도 없는 질문'으로 치부했었나 보다. 하지만 그건 교육자의 자세가 아니었다. 세상에 가치 없는 질문이란 없다. 내가 당연하게 느낀다고 해도 1학년 아이들에게는 이상한 것일 수 있다. 그건 당연한 것이 아니라 익숙한 것일 뿐이니까. 결국 당연한 것은 없다. 이제 아이들의 눈높이에서 생각하고 말할 수 있는 교사가 되기 위해 더 노력해야겠다.

공부 언제 해요?

학교에 갓 입학한 1학년들은 3월 한 달 동안 '입학 초기 적응활동'을 한다. 예전에는 모두 〈우리들은 1학년〉이라는 책을 사용했는데, 지금은 학교마다 다르다. 우리 학교의 경우, 〈신나는 학교생활〉이라는 책을 사용한다. 이 책의 내용은 굉장히 단순한데, 보건실이나 급식실이 어디에 있는지, 의자에 어떤 자세로 앉아야 하는지에 관한 내용들이 담겨 있다. 말 그대로 학교생활을 위한 기초를 배우는 시간이다. 나는 그중 화장실 사용법이 기억에 남았다. 그림을 통해 화장실을 사용하는 방법이 설명되어 있는데, 화장실 문을 열고 변기에 앉은 다음에 화장지를 뜯어 뒤처리를 한 후 휴지통에 버리고 물을 내리는 것까지 친근한 그림체로 설명해준다. 사실 너무 친절한 감도 있었다. 발로 밟아 변기 물을 내리는 그림을 보며 이런 것까지 알려줘야 하나 싶었다. 나중에 안 사실이지만 1학년 아이들은 변기 물을 잘 안 내리기 때문에 꼭 가르쳐야 한다고 한다.

"학교 가면 선생님 말씀 잘 듣고 공부 열심히 해."

1학년 아이들 둔 부모님들이 가장 많이 하는 말이다. 처음이라 그런지, 부모님의 말을 들은 아이들은 열심히 공부하려는 의지에 불타오른다. 〈신나는 학교생활〉을 받은 그 날부터 계속 나를 다그치면서 말이다.

"선생님! 공부 언제 해요?"

"선생님! 왜 공부 안 해요?"

아이들은 받아쓰기하고, 덧셈과 뺄셈을 하는 것만 공부라고 생각한다. 그런데 현실은 교장 선생님이 누구인지, 도서실이 어디에 있는지를 배우고 있으니 답답했던 것 같다. 사실 이런 배움 자체가 모두 공부인데 그걸 모르는 아이들이 답답하기도 하지만, 다른 한편으로는 공부를 하고 싶어 하는 열정이 대견하기도 했다.

"이게 무슨 공부에요. 빨리 공부해요!"

우리 반 아이들은 선생님이 공부도 안 가르쳐주는 이상한 사람이라고 생각하는 것 같다. 공부를 하고 싶다고 조르는 모습을 보니 뿌듯하기도 했다. 공부는 말 그대로 내가 모르는 것을 알아가는 즐거운 일인데……. 문득 이상하다는 생각이 들었다. 지난 2년 동안 6학년 아이들은 그런 말을 한 적이 없었는데. 처음에는 배우고 싶어 하던 아이들이 고학년이 될수록 배우지 않으려 한다.

"선생님, 이번 시간에 수업하지 말고 나가서 놀아요."

이 말을 하던 아이들은 원래 공부하는 것을 좋아했다. 왜 이렇게 변한 걸까? 진지하게 생각해 봐야 할 일이다. 누가 이 아이들에게 공부의 즐거움을 뺏어 갔을까?

고학년까지 갈 것도 없었다. 고작 1주일이 지났을 뿐인데, 아이들은 내게 이렇게 물었다.

"선생님, 왜 공부하는 시간은 길고 쉬는 시간은 짧아요?"

"쉬는 시간이 길고 공부하는 시간은 짧으면 안 돼요?"

누가 아이들을 이렇게 만들었을까?

가르쳐주지 않는 선생님

6학년들의 종례 시간은 이렇다. 선생님이 집에 갈 시간이라고 말하면, 아이들은 일사불란하게 가방을 싸고 자리를 정리한다. 이 순간만큼은 그 누구보다 빠르다. 그리고 애절한 눈빛으로 선생님을 바라본다. 잔소리하지 말고 빨리 인사하고 집에 가자는 의미다. 물론 하교 후 곧바로 집에 가는 아이는 거의 없다. 대부분 방과 후 교실이나 학원에 가야 하기 때문이다. 어쨌든 한시라도 빨리 교실에서 벗어나고 싶나 보다. 이 시간만큼은 아무리 교육적이고 좋은 이야기를 해줘도 대부분 잔소리로 치부된다. 아이들은 그저 집에 가고 싶을 뿐이다. 그렇게 마지막 인사를 하고 나면 우르르하며 교실을 빠져나간다. 나는 2년 동안 이런 모습에 익숙해졌다. 그렇기 때문에 1학년 아이들과의 종례는 나를 큰 혼란에 빠뜨렸다.

"이제 수업 끝났으니 집에 갑시다. 가방 싸세요."

"선생님, 교과서 가방에 넣어요?"

"선생님, 필통 가방에 넣어요?"

"(L자 파일을 들며) 선생님, 이거 가방에 넣어요?"

같은 질문이 반복되자 머리가 멍해졌다. 가방 싸라는 말이 '교과서, 필통, L자 파일'을 모두 가방에 넣으란 말이 아닌가? 그런데 아이들은 계속해서 그걸 되물었다.

왜 아이들은 이런 걸 질문하는 걸까? 사실 아이들은 처음 학교에 왔다. 그리고 나는 집에 갈 때 해야 할 일을 가르친 적이 없다. 결국 아이들이 저 질문들을 한 건 당연한 일이었던 거다. 그런데 아이들이 왜 같은 질문을 반복하느냐고 탓하고 있었다니……. 정말 나쁜 선생님이다! 사실 이번 일만이 아니라 자주 그랬던 것 같다. 청소하는 법을 가르쳐주지 않고 청소를 잘 못 했다고 야단치고, 운동장에서 줄 서는 법을 가르쳐주지 않고 줄을 못 선다며 야단을 쳤다. 입장을 바꿔 생각해보면, 아이들이 정말 억울했을 것 같다. 배우지 않아서 모르는 일로 혼나야 했으니 말이다. 교사는 먼저 가르쳐야 한다. 만약 학생이 잘하지 못한다면 그건 그 학생의 잘못이 아니다. 잘못 가르친 교사의 잘못이다. 야단치기 전에 내가 먼저 잘 가르쳤는지 생각해봐야겠다.

스스로 배우는 아이

학교를 탐방하는 시간이다. 이 시간은 급식실에서 이루어진다. 급식실이 어디인지 알아보고, 식판을 들고 식사를 받는 연습을 할 것이다. 밥을 다 먹으면 식판을 어떻게 정리하는지, 물은 어디서 마시는지도 배워야 한다.

"이번 시간에는 급식실에 갈 거예요. 날씨가 추우니까 옷을 따뜻하게 입고 갑시다."

지우가 내 앞으로 와서 말한다.

"선생님, 옷 안 입으면 안 돼요?"

"왜? 추울 텐데. 선생님도 따뜻하게 입을 건데."

"전 괜찮아요."

당장 옷을 입으라고 말하고 싶지만, 왠지 조심스럽다.

"그래? 그럼 하고 싶은 대로 해."

대답을 들은 만족스러운 얼굴로 지우는 돌아갔다.

두 줄로 나란히 선 아이들이 내 뒤를 졸졸졸 따라온다. 역시 급식실 가는 길은 춥다. 지우가 걱정되어 돌아보니 몸을 잔뜩 움츠리고 떨면서 따라오고 있었다. 급식실에 도착했지만, 아직 점심시간 전이라 그런지 냉기가 돌았다. 그래서인지 영양사님의 설명을 들으며 떨고 있는 지우가 눈에 밟혔다. 내 옷이라도 벗어줘야 했는데, 나는 정말 참 교사가 아니었나보다. 어쨌든 급식실 탐방이 끝나고 교실로 돌아왔다. 그리고 얼마 지나지 않아 점심시간이 되었다.

"이제 점심 먹으러 갈 거예요. 아까 급식실 가봤죠?"

자연스럽게 내 눈은 지우를 향했는데, 옷을 안 입겠다고 징징대던 아이가 스스로 옷을 입고 있었다. 만약 지우가 옷을 입지 않겠다고 했을 때 강제로 입게 했다면 어땠을까? 급식실에서 지우는 따듯하게 설명을 들었을지 모른다. 하지만 마음은 불편했겠지. 이 과정에서 난 기다림의 중요성을 배웠다. 내가 아는 것을 주입하려 하지 않고 학생 스스로 배울 수 있도록 기다려줘야 한다. 그래야 마음으로 배울 수 있다. 교육에서 학생을 기다려주는 것은 학생을 믿는다는 것을 의미한다. 내가 아니어도 학생 스스로 깨달을 수 있다는 믿음. 그리고 믿음은 자연히 사랑으로 이어진다. 그렇게 학생을 사랑하며 믿으며 기다릴 때, 학생은 스스로 배울 수 있을 것이다. 참 교사가 되기 위해 더 연습해야겠다.

선생님 이름은 □□□□입니다

수업시간에 내 이름을 가르쳐줬다. 칠판에 적고 몇 번씩 따라 읽게도 했다. 그리고 책에 내 이름을 써야 하는데, 다은이가 갑자기 손을 번쩍 들었다.

"선생님 이름은 3개인데, 왜 칸은 4개 있어요?"

"선생님 이름은 3글자이지만 이름이 4글자인 선생님도 있어서 그래."

"그럼 나머지 한 칸에 하트 표 그려도 돼요?"

"그래, 괜찮아."

1학년 교사가 된 게 참 기쁜 순간이다. 아이들은 대가 없이 순수하게 나를 좋아해 준다. 결국, 다은이의 질문을 들은 아이들 모두 나머지 한 칸에 하트를 그렸다. 그렇게 나는 30명의 사랑을 받는 교사가 되었다.

교 문

학교에 있는 물건과 장소를 배우는 시간에 있었던 일이다.

"학교에 들어올 때, 학교 앞에 있는 커다란 문 이름이 뭘까요?"

정답은 교문이다. 하지만 아이들은 자신 있게 다른 대답을 한다.

"현관문!"

"대문!"

"큰문!"

아이들의 어휘력을 알 수 있었다.

교목, 교화, 교색

우리 학교의 교목은 태산목, 교화는 동백, 교색은 녹색이다.

"우리 학교 교목은 태산목입니다."

"선생님! 교목이 뭐에요?"

"태산목이 뭐에요?"

예상대로 질문이 쏟아진다. 이럴 줄 알고 교목에 대한 설명과 태산목 사진을 미리 준비했다.

"교목은 학교의 나무라는 뜻인데, 학교가 좋아하는 나무라고 생각하면 돼."

1학년 아이들은 추상적 개념인 상징을 이해하기 어렵다. 교목이 학교를 상징하는 나무라고 설명해봤자 분명 이해하지 못할 것이다.

그래서 학교가 좋아하는 나무를 교목이라고 설명했다. 물론 질문은 거기서 끝나지 않는다.

"학교가 어떻게 나무를 좋아해요?"

"선생님이 어제 학교한테 무슨 나무가 좋으냐고 물어봤는데 태산목이 좋대!"

대답을 들은 아이들은 작은 손으로 입을 가리고 깔깔 웃는다. 태산목 사진을 볼 때면 "우와! 나무다!"하며 신기한 듯 소리를 지르기도 한다.

"우리 학교 교화는 동백입니다."

"선생님! 교화는 꽃이지요?"

눈치 빠른 지호가 재빨리 대답했다.

"그래. 교화는 학교의 꽃이라는 뜻인데, 학교가 좋아하는 꽃이라고 생각하면 돼."

"학교가 어떻게 꽃을 좋아해요?"

"선생님이 어제 학교한테 무슨 꽃이 좋으냐고 물어봤는데 동백이 좋대!"

내 말을 듣고는 다시 자기들끼리 쳐다보며 깔깔깔 웃는다. 붉은 동백꽃 사진을 보여주니 "우와! 예쁘다!"를 연발했다. 여기까지는 좋았는데 문제는 교색에서 일어났다.

"우리 학교 교색은 녹색입니다."

"아닌데요? 갈색인데요."

이게 무슨 말이지? 왜 갑자기 갈색이라는 대답이 나오는 걸까? 민준이의 대답에 의아했던 나는 다시 말했다.

"우리 학교 교색은 갈색이 아니라 녹색이야."

"아니에요! 갈색이에요. 제가 알아요."

"민준이는 왜 우리 학교 교색이 갈색이라고 생각해?"

"우리 학교는 모두 갈색이잖아요."

"아하, 건물 색깔이 갈색이어서 교색이 갈색이라고 생각하는구나?"

"네."

우리 학교 건물 외관은 갈색 벽돌로 지어졌다. 그래서 민준이는 우리 학교가 갈색을 좋아한다고 생각한 것이다. 이쯤 되니 식은땀이 나기 시작했다. 어떻게 설명해야 할까? 딱히 명료한 대답이 떠오르지 않는다.

"교색은 우리 학교 건물 색깔이 아니라 우리 학교가 좋아하는 색깔이야."

"그럼 녹색을 좋아하는 데 아니고 갈색으로 만들어졌어요?"

말문이 턱 막힌다.

"학교는 녹색을 좋아하지만, 학교를 만든 아저씨들이 갈색을 좋아해서 그래."

말도 안 되는 설명을 했는데 알겠다는 표정이다. 하지만 수업이 끝나고 난 뒤, 학교의 상징을 제대로 설명하지 못했다는 생각에 자괴감이 들었다.

6학년 학생들에게는 항상 이렇게 말했다. "설명하지 못하는 지식은 진짜 아는 것이 아니다." 그런데 오늘 내가 딱 그 모습이었다. 우리 학교 교목은 태산목, 교화는 동백, 교색은 녹색이라고 기계적으로 외우기만 했을 뿐, 나는 그것에 대해 알지 못하고 있었다. 제대로 알지도 못하면서 아는 척하며 가르치려 했던 것이다. 어쩌면 1학년 아이들이라서 수업 준비에 소홀했던 것인지도 모른다. 그저 태산목, 동백, 녹색을 적당히 따라 읽게 하고 따라 쓰게 하면 된다는 안일한 생각을 가지고 있던 것은 아니었을까? 아이들이 무엇을 배워야할지, 무엇을 궁금해 할지, 그리고 어떻게 가르쳐야 할지에 대해 더 고민하고 연구해야겠다.

선생님은 몇 동 살아요?

우리 학교 근처에는 아파트 단지가 많은데, 학생의 90% 정도는 H아파트 1, 2, 3단지에 모여 살고 있다. 그래서인지 1학년 아이들에게 생활 범위는 딱 이 정도까지인가 보다.

"선생님은 몇 동 살아요?"

'선생님은 어디 살아요?'가 아니라 '몇 동 살아요?'라는 질문에서, 아이들이 나를 H아파트 단지로 이사시켰다는 것을 알 수 있다.

"선생님은 H아파트에서 안 살고, 여기서 자동차로 20분 걸리는 곳에 살아."

"거기가 어딘데요?"

"응, J동에있는 L아파트야."

그러자 정말 이상하다는 듯이 쳐다본다.

"왜 여기 안 살고 거기서 살아요?"

왜긴, 원래 거기가 내 집이니까 그렇지.

얘들아, 밥 먹자

1학년과의 점심시간은 한 마디로 전쟁이다. 갑자기 사라지는 아이, 식판을 방패 삼아 숟가락으로 칼싸움을 하는 아이, 식판을 받자마자 걸으면서 음식을 손으로 집어 먹는 아이 등 종잡을 수 없는 광경이 펼쳐진다. 신기한 점은 내가 어디에 앉으라고 말해주지 않으면 식판에 음식을 받은 아이들이 우왕좌왕한다는 점이다. 어디에 앉으라고 지정을 해주어야 비로소 그곳에 앉는다. 안쪽으로 들어가 빈자리에 차례대로 앉는 것이 참 어려운 모양이다. 그래서 내가 앉아야할 자리에서 아이들을 부르는 것이 훨씬 수월하다. 그때 아이들은 내가 서 있는 곳을 보고 자기가 앉아야 할 자리를 찾아온다.

처음으로 급식을 먹던 날에 있었던 일이다. 아이들이 식판에 밥과 반찬을 받고 식탁에 앉아있다. 먹지도 않고 물끄러미 식판만 바라본다. 기다리기 지쳤는지, 배가 고팠는지, 누군가가 벌떡 일어나더니 나에게 다가와서 물어봤다.

"선생님, 먹어도 돼요?"

"응? 먹어야지."

잠시 뒤, 다른 아이가 와서 물어본다.

"선생님, 밥 먹어도 돼요?"

"그럼, 먹어야지."

그렇게 물어보고는 자리로 돌아가 정말 맛있게 먹는다. 들고 있기도 힘들 것 같은 쇠숟가락을 손에 움켜쥐고는 야금야금 잘도 먹는다. 다 먹고 나자 식판을 들고 가서 더 달라고 말하기도 한다.

왜 아이들은 밥을 먹어도 되는지 물어보는 걸까? 20여 년 전, 내가 어린이집에 다녔던 때를 떠올려보니 식사 시간에 다 같이 앉아 감사의 기도를 했던 기억이 났다. 지금도 그런가? 이유는 알 수 없지만, 한동안 아이들은 밥을 먹어도 되는지 계속 물어봤다.

시시해!

우리 학교는 급식실이 넓지 않아 1학년은 4교시가 끝나고 20분 정도 기다린 후에야 점심을 먹을 수 있다. 그래서 남는 자투리 시간에 〈한글이 야호〉를 틀어주었다. 〈한글이 야호〉는 5-8세를 대상으로 EBS에서 제작한 유아 한글학습 프로그램이다.

"아, 이거 재미없는데."

"이런 시시한 걸 왜 봐요?"

"이거 유치한데 차라리 〈라바〉 봐요."

〈라바〉는 두 마리 벌레가 나오는 애니메이션이다. 사실 〈라바〉도 유치하기는 마찬가지인 프로그램이다. 그래서 "그냥 한번 보자."며 〈한글이 야호〉를 틀어줬다. 20분이나 기다려야 하는 상황에서 딱히 할 일도 없으니 방도가 없었다. 역시나 아이들은 오프닝 노래를 들으며 시시하다고 투덜거렸다. 하지만 5분이 지나자 모두 배꼽이 빠져라 웃으며 보고 있다. 아이들은 집중력이 좋은 걸까?

뽀뽀

올바르게 이를 닦는 방법을 가르쳤다. 아이들은 각자 양치질했던 경험을 이야기한 뒤, 선생님이 가르쳐준 칫솔질을 따라 했다. 양치질 노래를 따라 부르며 이를 잘 닦겠다는 다짐도 해본다. 그렇게 수업이 끝나갈 무렵 마무리 퀴즈가 시작되었다.

"문제! 하루에 이는 몇 번 닦아야 할까요?"

"이거 맞추면 뭐 줄 거예요?"

모름지기 퀴즈에는 상품이 있어야 하는 법이다.

"이거 맞추면 선생님이 뽀뽀해줄게."

6학년들에게 이렇게 말하면 "웩"하며 손을 절레절레 내젓는다. 아무것도 주지 않아도 좋으니 그런 끔찍한 말은 하지 말라는 뜻이다. 1학년 아이들에게도 그런 반응을 예상하고 장난스럽게 뽀뽀해 준다는 말을 했는데, 전혀 다른 반응이 나왔다. 뽀뽀해준다는 말에 "와아!"하고 소리를 지르며 "저요! 저요!"하는 거다.

"얘들아. 농담이야, 농담. 선물은 없어."

하지만 이 말은 흥분한 아이들 귀에 들리지 않았다. 마무리 퀴즈까지 모두 끝나고 마치는 종이 울렸는데, 아이들은 내 주위로 몰려와 반짝이는 눈으로 바라보며 물었다.

"왜 뽀뽀 안 해줘요?"

"뽀뽀 언제 해줄 거예요?"

그 후 다시는 뽀뽀해준다는 말을 꺼내지 않았다.

사과가 먼저냐, 밥이 먼저냐

급식에 사과가 나왔다. 학교 급식에 사과가 나왔다는 사실이 아이들에게는 재미있게 느껴졌나 보다. 식판에 사과를 받아 오면서 코를 박고 냄새를 맡기도 하고, 이미 입안에 사과를 반쯤 물고 오기도 한다. 아이들을 자리에 다 앉히고 나도 밥을 먹으려는데 서준이가 내 쪽으로 다가왔다.

"선생님, 사과는 밥 다 먹고 먹어야 되죠?"

말투를 보니 "그렇다."고 대답해주기를 바라는 눈치다. 아마 친구들과 사과를 먼저 먹어도 되나 안 되나 논쟁을 벌인 모양이다. 하지만 안타깝게도 밥부터 먹어야 한다는 규칙은 없다.

"아니, 사과는 언제든 먹고 싶을 때 먹으면 돼."

그때 내 말을 들은 서준이의 표정은 잊을 수 없다. '설마 선생님이 사과를 먼저 먹어도 된다고 말하는 건가?'라고 생각하는 것 같다. 서준이는 말도 안 된다는 표정을 지으며 반박하려 하다가, 이내 멈칫하며 자리로 돌아갔다.

1학년 아이들은 이런 사소한 일로 논쟁을 벌인다. 그런데 만약 내가 "그럼! 사과를 나중에 먹어야지."라고 말했다면 어땠을까? 아마 의기양양하게 돌아가서 "거봐, 선생님이 사과는 나중에 먹어야 된다고 했어!"라며 친구들의 기를 죽여줬겠지? 그 모습을 상상하니 웃음이 나온다. 음식을 먹는 순서까지 정해주는 선생님이라니! 세상에 이런 권력자가 또 있을까?

정수기

1학년 교실이 있는 2층 복도에는 정수기가 있다. 집이나 식당에서 사용하는 정수기가 아니라, 공원에서 사용하는 식수대 같은 정수기다. 버튼을 누르면 아래쪽 수도꼭지에서 물이 뿜어져 나오는데, 그곳에 입을 대고 물을 마시면 된다. 그런 특이한 모양 때문인지, 1학년 아이들은 물을 마시며 세수까지 하고 온다. 키가 작아 입이 잘 닿지 않고 힘 조절도 안 되니 물이 입뿐만 아니라 눈과 코로 들어가는 것이다. 이대로는 안 되겠다 싶어서 각자 마실 물을 가져오라고 했는데, 그것은 정말 큰 실수였다.

"선생님, 엄마가 꽉 잠가서 뚜껑이 안 열려요. 열어주세요."

물병 뚜껑을 열어주면 잠시 후 다시 온다.

"이제 다시 잠가주세요."

아이들의 물병 때문에 나는 쉬는 시간에 아무 일도 할 수 없게 되었다. 아이들 물병 뚜껑을 열어주고 잠그다 보면 쉬는 시간이 끝나 있다. 그렇다고 모르는 체할 수도 없는 일이니, 마음속으로는 굉장히 귀찮으면서도 항상 웃는 얼굴로 물병 뚜껑을 받아든다. 다행히 며칠이 지나자 스스로 물병을 열고 잠그는 아이들이 많아졌다.

왜 나는 아이들에게 물병을 가져오라고 했을까? "아이들이 물을 제대로 마시지 못하니까" 그랬던 거였다. 그런데 곰곰이 생각해보니 틀린 답이었다. 물을 제대로 마시지 못하는 아이들이 아니라, 문제는 정수기였다. 1학년 복도에 있는 정수기가 1학년 아이들이 사용하기에 벅차다니! 1학년들이 사용하기에는 너무 높았고, 물 먹는 방법도 어려운 정수기를 두고, 나는 아이들이 문제라고 생각했다. 만약 정수기 밑에 발 받침대를 두었다면 물을 마시면서 세수하는 일은 줄어들었을 것이다. 높은 곳에 있는 수도꼭지에 입을 맞추기 위해 아등바등하지 않아도 충분히 물을 마실 수 있었을 것이다. 그런데 거기까지 생각하지 못했다. 막연히 물을 제대로 못 마시는 1학년 아이들을 탓하며, 정수기를 사용하지 말고 물을 싸오라고 했을 뿐이다.

문제와 마주했을 때, 교사는 알게 모르게 학생 탓을 한다. 마치 자신은 아무 잘못도 없는 것처럼 말이다. 학생을 탓하기 전에 그게 정말 학생의 문제인지 잘 생각해봐야겠다.

이상한 대화

급식실에서 밥을 먹는데 내 앞에 앉아있던 아이가 말을 걸었다.

"선생님은 고기 좋아해요? 비계 좋아해요?"

"선생님? 선생님은 고기를 좋아해."

그러자 내 옆에서 밥을 먹던 아이가 말했다.

"어? 나도 조개 좋아하는데!"

그랬더니 처음 나에게 질문했던 아이가 말한다.

"너 조개 좋아해? 나도 조개 좋아하는데!"

그리고 다른 아이가 말한다.

"나도 고기 좋아해!"

이거 도대체 무슨 대화지?

이제 그만!

주원이는 학교에서 자주 토하는 아이다. 건강에 이상이 있나 걱정되어 어머님에게 말씀드리니 특별히 문제가 있는 것은 아니라고 하셨다. 집에서도 종종 그런 모습을 보이는데, 성격이 너무 급해서 밥을 빨리 먹고 쉴 틈 없이 뛰어다녀서 자주 토한다고 말해주셨다.

점심을 먹고 느긋하게 교실로 돌아오던 차였다. 저 멀리서 아이들이 비명을 지르며 교실을 뛰쳐나와 무슨 일이 생겼나 보니, 주원이가 교실에 토를 했다. 주원이를 보건실로 보낸 나는 양손에 고무장갑을 꼈다. 하필이면 그날은 우리 반 교실에서 방과 후 수업이 있는 날이었다. 이미 방과 후 수업은 시작되었는데 교실 뒤편에 주원이의 잔해물이 시큼한 냄새를 풍기며 남아있다.

교사가 된 후 아이들의 토를 여러 번 치웠다. 치울 때마다 느껴지는 역겨움을 참기는 여간 힘든 일이 아니다. 어렸을 때의 나는 비위가 굉장히 약해서 주유소에서 나는 기름 냄새를 참지 못하고 구역질을 할 정도였다. 그 모습을 본 어른들이 기술자는 못 되겠다며 웃으셨던 것이 생각난다.

어쨌든 숨을 참고 토사물을 치우고 있는데, 방과 후 수업을 받던 5학년 학생이 나를 안쓰럽게 쳐다봤다. 그러더니 친구에게 나지막하게 하는 말을 들었다.

"야, 진짜 힘들겠다. 나는 초등학교 선생님은 안 할 거야."

'그래, 학교 선생님은 힘든 직업이지.'라고 생각하며 교실 바닥을 물티슈로 닦는다. 청소가 끝나자 참았던 숨을 내뱉으며 허리를 펴는데, 갑자기 복도에서 비명소리가 들려왔다. 보건실에서 교실로 돌아오던 주원이가 복도 여기저기에 토를 해놓은 것이다! 다시 고무장갑을 끼고 한손에는 휴지를, 한손에는 쓰레기통을 들고 복도를 향했다. 복도 여기저기에는 토사물이 널브러져 있었고, 지나가던 아이들은 얼굴을 찡그리며 요리조리 피했다.

"주원이 어디 있는지 아니?"

"아까 저기로 달려갔어요."

짐작건대 혼나는 게 두려워 어디론가 숨어버린 것 같다. 하지만 우선 복도부터 치우기로 했다. 복도에 흩어져있는 토사물을 치우다보니 어느덧 다른 쪽 복도 끝에 와 있었다. 그제야 굽혔던 허리를 제대로 펴고, 교실을 향해 걸었다. 그런데 저 멀리 주원이가 보이는 것이다.

"주원아!"

주원이는 나를 한번 힐끔 보더니 또 어디론가 도망가려고 한다.

"아니야! 혼내려는 거 아니야! 이리와!"

내가 다급하게 소리치니, 주원이는 걸음을 멈추고 나에게 다가왔다. 그때 주위에 있던 친구들이 주원이를 비난하기 시작한다.

"야! 복도에다가 토하면 어떡해!"

"너 때문에 나도 토할 것 같잖아."

이럴 때 교사의 역할이 중요하다.

"아니야. 속이 안 좋으면 토할 수도 있지. 토하는 게 나쁜 게 아니야."

내가 이렇게 말하니 아이들 태도가 바뀐다.

"주원아, 괜찮아?"

"괜찮아. 토할 수도 있지. 나도 예전에 토했어."

거짓말처럼 내 말 한마디에 주원이를 비난하던 아이들이 주원이를 걱정하기 시작했다. 주원이 얼굴도 점차 밝아졌다.

"속이 많이 안 좋아? 지금은 괜찮아?"

표정을 보니 아파 보이지는 않는다.

“다음부터는 속이 안 좋고 토할 것 같으면 화장실에 가서 토해.”

주원이는 내 말을 듣고 고개를 끄덕였다.

“약속한 거다? 그럼 저기 정수기에 가서 물 마시고 와.”

주원이는 팔짝 팔짝 뛰며 정수기로 달려갔다. 이렇게 교훈적인 하루가 끝났다고 생각하며 발걸음을 옮기는데, 누군가 내 뒤에서 외쳤다.

“선생님! 주원이 정수기에 토했어요!”

실내화가 없어졌어요

아침에 도윤이가 다급히 교실 문을 열며 외쳤다.

"선생님! 실내화가 없어졌어요."

"그래? 어제 어디에 뒀어?"

"제 자리에 놔뒀는데 없어요."

금방이라도 울음이 터질 것 같은 표정이다. 나는 도윤이 손을 꼭 잡고 신발장으로 데려갔다.

"도윤이 몇 번이야?"

"저 16번이요."

"어제 실내화 어디에 뒀어?"

도윤이가 자기 자리인 16번 자리를 가리키며 울먹거린다.

"여기에 넣어놨는데 없어졌어요."

"실내화에 이름 써놨어?"

사라진 실내화를 어떻게 찾아야 하나 하고 막막해 하던 찰나에 도윤이가 신발장에서 실내화 한 켤레를 꺼냈다.

"어? 여기 있네."

도윤이 실내화는 17번 자리에 있었다. 자기가 16번이라고 딱 자기 자리만 살펴보고는 실내화가 없어졌다고 울상을 지은 것이다. 그 후부터 아이들이 실내화가 없어졌다고 하면 먼저 다른 자리를 살펴보게 되었다. 그러면 여지없이 다른 친구 자리에서 실내화를 찾을 수 있었다.

더러운 양말

이상한 일이다. 계속 양말이 더러워진다. 그것도 바닥이 아니라 발등 부분이 말이다. 도대체 양말이 왜 더러워지는 걸까? 어느 날 그 이유를 알 수 있었다. 쉬는 시간에 아이들이 자꾸 나를 껴안으며 내 양말을 밟았던 것이 원인이었다. 양말이 더러워지는 것은 유쾌하지 않지만, 그만큼 아이들이 나를 좋아한다는 뜻이니, 기꺼이 내 양말을 내어주기로 다짐했다.

학부모 공개수업

학부모 공개수업을 하는 날이다. 나는 평소와 다르게 양복을 꺼내어 입었다. 평소에 자주 입지 않던 옷이라 어색하게 느껴진다. 문득 내가 어린 학생이었을 때가 떠올랐다. 그때도 공개수업을 했는데, 마치 연극처럼 수업의 진행을 하나하나 정해놓았었다. 누가 어떤 내용을 발표할지까지도 말이다. 그건 수업이 아니라 연기에 불과했다. 물론 요즘 교육 현장에서 그런 가짜 수업은 사라졌다. 학부모들이 참관하니 조금 더 신경 쓰기는 하지만, 대체로 일상적인 수업과 같은 분위기다. 당연히 어떤 돌발 상황이 발생할지 모를 일이다.

오늘 공개수업의 내용은 어려운 단어를 바르게 고쳐 쓰는 활동이다. 5교시에 시작되는 공개 수업을 준비하기 위해 점심 식사를 마치고 서둘러 교실에 올라오는데, 성인이가 달려오며 소리쳤다.

"선생님! 주원이 교통사고 났어요!"

이게 무슨 말이지? 수업이 모두 끝나지 않았는데 교통사고라니? 서둘러 교문으로 달려갔지만 주원이는 보이지 않았다. 주변에 있는 아이들에게 물어보니 어떤 아주머니 차를 타고 갔다고 했다. 순간 머릿속이 하얗게 되며 많은 생각이 떠올랐다. 수업이 끝나지 않았는데 학교 밖을 나간 것, 교통사고를 당한 것, 심지어 그런 주원이의 소재 파악도 되지 않는 것, 이제 곧 공개 수업이 시작한다는 것. 많은 생각이 복합적으로 떠오르며 마음이 심란해졌다. 그런데 그 순간 전화가 울렸다.

"여보세요? 주원이 담임선생님이시죠? 저 4학년 학생 학부모인데, 주원이가 빨간 불에 횡단보도를 건너다가 제 차에 살짝 치였어요. 다행히 크게 다치진 않았는데 그래도 병원에 들렀다가 가볼게요."

다행히 운전자가 우리 학교 학부모님이다. 전화가 끝나자, 곧바로 주원이 어머님과 통화를 했다. 그러는 사이에 5교시 시작종이 울렸다. 재빨리 교실로 들어가니 우리 반 아이들은 고맙게도 얌전히 책을 펴 놓고 앉아 있었다. 그렇게 놀란 가슴을 진정시키며 수업을 시작했다. 여러 단어를 배운 뒤 교실 앞으로 나가 칠판에 잘못된 글자를 바르게 고쳐 쓰는 순서가 되었다. 그런데 갑자기 민준이가 손을 번쩍 든다. 그리고 내가 말하기도 전에 자리에서 벌떡 일어나 큰소리로 외쳤다.

"선생님! 우리 엄마 뒤에 왔어요."

"그래, 그럼 민준이가 나와서 해볼래?"

"근데 있잖아요. 우리 엄마 배는 삼겹살이에요. 크크크."

여기저기서 킥킥대는 소리가 들린다. 민준이는 더 신이 나서 이제 춤까지 추며 노래를 불렀다.

"우리 엄마 배는 삼겹살~ 뱃살이 출렁출렁~ 살이 엄청 많지요~"

나도 웃고, 아이들도 웃고, 학부모님들도 웃었다. 웃음을 참느라 얼굴이 뜨거워지는 것이 느껴질 지경이었다. 겨우 진정하고 수업을 이어가려는데 지아가 외쳤다.

"어? 선생님 얼굴 빨개졌다!"

그 소리에 교실은 '와하하!' 웃음소리로 넘쳐났다.

우여곡절 끝에 공개 수업이 모두 끝났다. 마침 주원이가 교실로 돌아왔다. 무슨 일인가 싶어 물어보니, 오락을 하러 문구점에 갔다 돌아오는 길에 무단횡단을 하다 차에 치였다고 한다. 많이 다치지 않아서 다행이라고 다독여주며 이제 학교가 끝나지 않으면 교문 밖으로 나가지 않겠다는 것과 신호등 신호를 잘 지킬 것을 손가락을 걸고 약속했다.

교실에 돌아오자 다리에 힘이 풀렸다. 의자에 앉아 무엇이 잘못되었는지 생각해봤다. 되돌아보니 주원이는 항상 밥을 빨리 먹고 어디론가 달려갔다. 그 모습을 보고 어디를 저렇게 급하게 가는지 한 번도 생각해 본 적이 없었다. 오늘 교통사고가 날 때까지 주원이는 점심시간마다 문구점에 가서 군것질을 하거나 오락을 했던 것이다. 만약 주원이가 점심시간에 어디를 저렇게 급하게 가나 호기심을 가져봤다면 오늘의 사고를 막을 수 있었을 것이다. 아이들과 함께하는 한 교사에게는 점심시간도 근무시간이다. 항상 아이들에게 관심을 갖는 교사가 되어야겠다.

상추쌤

파마를 하고 학교에 가자, 아이들 사이에서 난리가 났다.

"선생님 머리 뽀글뽀글해요!"

한 아이가 외치니 자리에 앉아있던 아이들이 우르르 몰려나와 내 머리를 만져본다.

"우와, 푹신푹신하다."

"선생님 머리가 상추 같아요."

그러더니 말장난을 시작한다.

"상기쌤이라서 상추 머리인가?"

"와! 선생님 머리는 상추다. 민상추!"

아이들은 나에게 민상추쌤이라는 별명을 붙이고는 자기들끼리

깔깔댄다.

"선생님은 상추다, 상추. 민상추!"

그 뒤로 아이들은 멀리서 나를 볼 때마다 '민상추쌤!'이라고 외치고 도망갔다.

질문하지 마!

예준이는 유난히 나를 무서워하는 아이다. 개구쟁이가 아니라 내게 야단맞은 적도 없는데, 왠지 모르게 나를 경계하는 느낌이 든다. 예준이 어머님과 상담을 하다가 그 느낌이 사실이며 왜 예준이가 나를 경계하는지 알게 되었다. 그 이유는 두 가지인데, 첫째는 예준이가 잘못을 하면 아버지가 "선생님께 다 말한다."라고 혼내기 때문이었다. 즉, 예준이는 자신의 잘못을 내가 모두 알고 있다고 생각하고 있던 것이다. 둘째는 내가 "수업 시간과 관련 없는 질문은 하지마."라고 말한 것이 화근이었다. 학기 초부터 예준이는 많은 질문을 하던 아이였는데, 어느 순간 전혀 질문을 하지 않고 있다. 그리고 그 원인은 나에게 있었다.

예준이는 수학적 재능을 가지고 있는 영재였다. 예준이 어머님은 예준이가 어렸을 때부터 수에 많은 관심을 보이기 시작했고, 지금은 수학 영재 교육도 받고 있다고 말씀하셨다. 학기 초의 기억을 더듬어보니 예준이는 수업과 관련이 없는 수학적 질문을 했던 것 같다. 그리고 나는 너무 많은 질문을 감당하지 못하고 짜증 섞인 말투로 수업과 관련된 질문만 하라고 말했던 것이다. 어머님의 말씀을 들으며 창피해서 얼굴을 들 수 없었다. 내겐 기억조차 희미해진 일이었지만 그게 한 아이의 인생을 망쳐버린 것처럼 크게 느껴졌다. 상담이 끝난 뒤 나는 온종일 고민하다 예준이 어머님께 문자 메시지를 보냈다.

[무심코 뱉은 말에 상처받았을 예준이를 생각하니 미안한 마음이 가득합니다. 말로는 질문 있는 교실을 만들겠다고 해놓고, 정작 그렇지 못한 저 자신을 돌아보게 됩니다. 더욱 더 노력하겠습니다.]

예준이 어머님은 선생님과 더 일찍 상담을 했으면 좋았을 거라며 나를 이해해주셨다. 다음 날 예준이를 불러 수첩과 연필을 선물하며 사과했다. 선생님이 질문하지 말라고 화내서 미안하다며, 앞으로는 예준이가 질문을 하면 절대 화를 내지 않고 모두 대답해주겠노라고 약속했다. 그리고 앞으로는 궁금한 점이 생기면 이 수첩에 적어서 선생님에게 물어보라고 했다. 그 뒤로도 한동안 예준이는 나에게 질문하지 않았지만, 시간이 흐르자 예준이는 마음을 열고 다시 질문하기 시작했다.

"갑자기 전쟁이 나서 학교가 무너지면 어떡해요?"

"우리는 수능 날 학교에 늦게 오는데, 미국에 있는 초등학생들도 늦게 가요?"

수학과 관련 없는 쓸데없는 질문이기도 하지만, 난 더 이상 어떠한 질문도 무시하지 않고 꼭 대답해준다. 예준이와의 일이 여전히 내 가슴 속에 남아있기 때문이다. 지금 글을 쓰는 이 순간에도 부끄러워 얼굴이 화끈거릴 지경이다. 하지만 잊지 않기 위해 용기 내어 적는다. 다시는 학생들의 입을 틀어막는 교사가 되어서는 안 되리라는 다짐을 말이다.

보리차 청소

수업을 모두 마치고 교실에서 일을 하고 있는데, 방과 후 수업을 다녀온 여학생 3명이 다짜고짜 내게 말했다.

"선생님, 저희가 교실 청소할게요!"

"청소 끝날 때까지 들어오지 마세요."

"빨리 나가세요!"

마침 학년회의 시간이다.

"그래? 그럼 선생님은 30분 뒤에 올 테니 청소 부탁해."

"알았어요."

수첩과 볼펜을 챙겨 들고 교재 연구실로 갔다. 갑자기 청소를 하겠다고 하니 의심스럽기도 하지만, 스스로 청소한다고 말하니 대견

하고 기특하게 느껴졌다. 그렇게 30분이 지나 회의가 끝나고 교실로 돌아왔을 때 "와하하!" 하고 크게 웃고 말았다. 교실에 물난리가 난 것이 아닌가! 내가 생각하는 청소는 빗자루로 교실을 쓸고 닦는 것이었는데, 이 아이들이 생각한 교실 청소는 그게 아니었나보다. 이 아이들이 청소랍시고 한 행동은 자기가 마시던 보리차를 책상에 붓고 그걸 휴지로 닦는 것이었다. 하지만 현실은 물이 너무 많아서 휴지에 물이 닦이는 것이 아니라 오히려 휴지가 풀어져 책상 여기저기에 달라붙어 있었다. 하나의 책상만이 아니라 거의 모든 책상이 이런 모습이었다. 이런 걸 청소랍시고 뿌듯해했을 아이들을 상상하니 웃음이 새어 나왔다. 소리 내어 웃는 나를 보고 서윤이가 슬며시 다가와 물어본다.

"왜 웃어요? 우리가 보리차로 청소해서 웃어요?"

대답 대신 "아이고" 하면서 볼을 살짝 꼬집어 주었다. 선생님이 웃는 모습을 보고는 자기들이 청소를 잘했다고 확신했나 보다. 선생님이 만족한 모습이 뿌듯했던지 반쯤 남은 보리차 물병을 꺼내들고는 자랑스럽게 말하기까지 했다.

"이걸로 청소했어요!"

그 날 나는 퇴근도 미룬 채 30개의 책상을 닦아야 했다.

마실 수 없는 물

'1학년쯤이야.'하는 안일한 생각으로 맡게 된 1학년 담임 생활. 하지만 현실은 내 생각처럼 녹록지 않았다. 아무런 준비 없이 1학년 담임을 맡은 것은 큰 실수였다. 시간이 지날수록 절망과 좌절만 늘어갔다. 예상치 못한 아이들의 말과 행동에 당황했고, 나 스스로 만족할 수 없는 수업을 하는 날이 지속되었다.

그러던 중 '300 교원 수업 나눔 운동'을 알게 되었다. 이 운동은 광주광역시 교육청의 지원으로 교사들의 자발적 성장을 돕는 프로그램이다. 망설임 없이 이 프로그램에 참여를 신청했다. 그렇게 3개 학교의 선생님들이 모여 소모임이 결성되었다. 정기적인 모임을 가지고 각자의 수업을 나누며 서로가 교육자로서 성장할 수 있도록 도왔다.

그 모임 중 기억에 남는 일이 있다. 당시의 주제는 '우리 선생님이 자주 하는 말' 알아오기였다. 그 전 모임에서 주제를 정했기 때문에, 우리 반 아이들과 이 주제로 이야기도 나누고 설문지도 받았다. 그런데 학생들이 집에 간 뒤 설문지를 읽다가 충격적인 문장이 눈에 들어왔다.

우리 선생님이 자주 하는 말은
'자리에 앉았으니까 점수 하나 줄게'이다.

나는 상벌제에 부정적인 생각을 가지고 있다. 그래서 6학년 담임을 할 때에는 점수나 상품을 매개로 한 상벌제는 운영하지 않았다. 하지만 통제가 되지 않는 1학년을 맡은 이후에는 어쩔 수 없이 상벌제를 운영하게 되었다. 그래서 설문지에 적힌 이 문장은 내 마음에 비수처럼 꽂혔다. 그리고 그때의 마음을 모임에서 이렇게 고백했다.

"망망대해에 난파선을 타고 떠다니는 사람의 마음이었습니다. 바닷물을 마시면 안 된다는 것을 알면서도 당장의 갈증을 해결하기 위해 바닷물을 마셨습니다. 상벌제가 나쁘다는 것을 알면서도 당장 교실의 질서를 잡기 위해 상벌제를 실시했고, 아이들은 저를 선생님이 아닌 상과 벌을 주는 독재자로 받아들였습니다. 저도 모르게 상벌제라는 통제와 권력의 도구를 사용하였고 아이들은 거기에 길들여졌습니다."

그날 선생님들과 상벌제에 대한 여러 생각을 나누었다. 상벌제는 내가 편하기 위해 아이들을 쉽게 통제하려는 나의 실수였다. 나는 아이들이 아닌 로봇을 원했던 것이다. 내 말대로 생각하고 행동하는 말 잘 듣는 로봇 말이다. 그 날 이후 상벌제를 바로 폐지했다. 아이들은 "왜 이제 점수 안 줘요?"라며 불평했다. 그리고 상벌제가 사라지니 교실은 다소 소란스러워졌다. 하지만 이제야 비로소 나는 독재자가 아닌 선생님으로 돌아갈 수 있었다.

사라진 실내화

교직원 회의가 끝나고 교실로 돌아오는 길이었다. 복도 창문 밖으로 이상한 풍경이 보여 자세히 봤더니, 얼핏 봐도 스무 켤레는 넘어 보이는 실내화가 땅에 가지런히 정리되어있다. '어떤 반에서 저렇게 실내화를 바닥에 버려 둔 거야? 그 반 선생님도 참 무심하네.' 라고 생각하며 교실로 돌아오는데 왠지 모르게 이상한 느낌이 든다. 우리 반 교실에 가까워질수록 불길한 느낌이 강해졌다. 교실 앞에 돌아오니 불길한 예감은 현실이 되었다. 우리 반 신발장이 깨끗이 비어있는 것이었다.

"뭐야? 우리 반이었어?"

신발장에는 단 두 켤레의 실내화만 남아있었다. 다시 창문 밖을 내다보니 아까 그 실내화들이 바로 눈 밑에 보인다. 허겁지겁 손수레를 끌고 밖으로 나갔다. 실내화를 집어 드는데 손이 차가웠다. 그 사이 소나기가 내려 실내화가 몽땅 젖어버린 것이다. 빗물이 뚝뚝 떨어지는 실내화를 손수레에 싣고 터벅터벅 교실로 돌아왔다. 복도에서 만나는 선생님마다 "그거 선생님 반 실내화였어요?"라며 웃음 짓는다. 흠뻑 젖은 실내화들을 복도에 늘어놓고 나니 기가 막힌다. 선생님을 골탕 먹이려고 실내화를 밖으로 옮겨 가지런히 정리하면서 낄낄댔을 아이들을 생각하니 나 역시 웃음이 나왔다. 결국 실내화를 말리느라 퇴근 시간이 지나갔다. 다음 날, 이런 귀여운 장난을 한 범인을 찾으려다가 그만두었다. 선생님을 골탕 먹인 그날의 장난이 재미있는 추억으로 남기를 바라면서…….

숨바꼭질

점심시간이 되었는데, 지우와 서윤이가 갑자기 밥을 먹지 않겠다고 했다.

"선생님, 밥 먹기 싫어요. 안 먹을래요."

"아파서 못 먹겠어요."

지금까지 잘만 놀다가 급식 시간이 되니까 갑자기 아프다고 한다. 10분 동안 승강이를 벌였는데도 끝내 밥을 먹지 않겠다고 우겼다. 아프다는 아이들을 억지로 데려가 먹일 수가 없어서 어쩔 수 없이 나머지 아이들과 함께 우선 급식실로 갔다. 아이들이 밥을 받은 뒤, 마지막으로 내 식판에 밥을 받고 먹으려는 찰나, 굶고 있을 지우와 서윤이가 떠올랐다. 곧바로 수저를 내려놓고 다시 교실로 돌아갔는데, 아무도 없었다. 근처에 있었던 다른 반 아이들에게 물어보니 화장실에 갔다고 했다. 하지만 아무리 불러도 대답이 없었다. 도서실에 가보고 돌봄 교실에도 가봤지만 그 어디에도 없었다. 그렇게 다시 급식실로 돌아가려는데, 화장실에서 슬그머니 나오는 지우와 서윤이를 발견했다. 아이들은 날 보고 깜짝 놀라더니 이내 깔깔대며 웃기 시작했다.

"선생님, 아까 화장실에서 저희 불렀죠? 혼날까 봐 없는 척했어요. 깔깔깔."

이런 이야기를 천연덕스럽게 하는 아이들을 보니, 화가 나기는커녕 어이가 없어서 웃음이 나왔다.

"그래서 밥 먹을 거야, 말 거야?"

"음, 먹을게요!"

그새 마음이 바뀌었는지 이제는 밥을 먹겠다고 했다. 결국 식판에 밥을 받고 내 옆으로 와서는 천진난만하게 웃으며 말했다.

"선생님 옆에서 먹어야지."

그렇게 오늘도 차갑게 식은 밥을 먹었다.

선생님은 나를 안 좋아해

아이들은 엄마에게 하지 못하는 말을 나에게 털어놓는다. 하지만 나에게 하지 못하는 말을 엄마한테 털어놓기도 한다. 학부모 상담 주간에 교실에 찾아온 지우 어머님과 이야기를 하는 중이었다. 지우가 학교에 가기 싫다고 한다며 웃으며 말씀하셨다.

"지우가 친구들이 자기를 안 좋아하고, 선생님도 자기를 안 좋아해서 학교 가는 게 싫대요. 그 말을 듣고 '네가 아직 아기구나.' 싶더라고요. 하하하."

어머님은 웃으면서 말씀하셨지만 나는 웃을 수 없었다. 사실 나는 지우에게 친절하고 상냥한 선생님이 아니었기 때문이다. 지우는 내 눈에 거슬리는 행동을 많이 했다. 지금 돌이켜보면 그건 지우 잘못이 아니었다. 모두 내가 부족해서 생긴 일들이지만 당시에는 그걸 알지 못했다. 그래서 지우에게 유독 쌀쌀맞게 대했던 것이다. 그런 지우가 '선생님은 나를 안 좋아해.'라고 생각한 것은 당연한 일이었다.

다음날부터 나는 지우에게 친절하고 상냥한 선생님이 되기로 마음먹었다. 실내화를 신고 다니지 않으면 실내화를 찾아서 신겨주었다. 우유를 마시다 책상 위에 올려놓으면 우유가 엎질러질 수 있으니 지금 우유를 마시는 것이 어떠냐고 말했다. 배가 아파서 밥을 못 먹겠다고 하면 배를 문질러주며 지금은 괜찮아졌냐고 물어봤다. 그런 시간이 쌓여갈수록, 지우도 조금씩 나에게 다가왔다. 방과 후 수업에서 만든 쿠키나 문구점에서 산 간식을 나에게 주기도 했다. 쉬는 시간에는 쭈뼛거리며 나에게 다가와 안기기도 했다.

지우는 사랑과 관심에 목마른 아이였다. 실내화를 신고 다니지 않은 것이나 수업 시간에 우유를 마시던 것 그리고 점심시간마다 배가 아프다며 밥을 먹지 않겠다고 투정부리던 행동은 모두 사랑과 관심을 받으려는 발버둥이었는지도 모른다. 그런 지우의 마음을 알아채지 못하고 쌀쌀맞게 대했던 나는 얼마나 못된 교사였나! 어린아이들에게 선생님의 사랑과 관심은 따뜻한 선물이다. 내 작은 노력으로 이 아이들을 행복하게 할 수 있다는 사실에 자긍심이 느껴졌다.

선생님, 아파요

수업 시작종이 울렸는데 다은이가 보이지 않았다. 한참을 기다려도 들어오지 않는다. 혹시 보건실에 갔나 싶어 복도로 나가보았는데, 강당 쪽에서 터벅터벅 걸어오는 다은이가 보였다. '누가 수업 시간에 마음대로 돌아다니래!' 라는 말이 목구멍까지 밀려왔지만 마음을 가다듬고 물어봤다.

"왜 여기에 있어?"

그러자 다은이가 왈칵 울음을 터트린다. 갑작스러운 눈물에 당황했다.

"너무 아파서 엄마한테 전화하고 싶어서요. 엉엉."

이 말을 듣고 나도 눈물이 쏟아질 것 같았다. 다은이가 아픈 줄도 모르고 하마터면 큰 소리로 야단을 칠 뻔했다. 손을 꼭 붙잡고 보건실에 가서 열을 재보니 무려 39.6도다. 엄마에게 전화하기 위해 아픈 몸으로 강당까지 걸어갔을 다은이를 생각하니 미안한 마음이 무거웠다.

생각해보니 나는 화부터 냈던 적이 많은 것 같다. 이유를 설명하려는 학생에게는 "변명하지 마."라며 제대로 들어주지 않았다. 내 마음대로 생각하고 판단해서 그들을 '나쁜 학생'으로 만들어 버린 것이다. 이제 아이들을 기다려주고 아이들의 말을 들어주는 연습을 해야겠다. 당장 큰 소리로 야단을 치고 싶은 마음이 들더라도 아이들의 목소리에 귀 기울여줘야지. 내가 생각하고 짐작하는 것이 꼭 사실은 아닐 수 있기 때문이다.

작은 사과

갑자기 아이들이 다가와서 내 목을 만졌다. 내 딱딱한 성대와 자기들의 부드러운 목을 번갈아 만져보더니 이렇게 외친다.

"어? 선생님 목에 혹 났어!"

이 말에 너도나도 달려와서 내 목을 만지기 시작했다. 그때 누군가가 의미심장한 눈빛으로 내게 말했다.

"선생님 껌 좋아하죠? 껌 좋아하면 목에 혹 나요."

명탐정 코난인 줄 알았다.

또 다른 아이가 내 성대를 툭툭 치며 말한다.

"이거 집어넣어요."

"이건 집어넣을 수 있는 게 아니야."

"선생님은 작은 사과를 먹다가 목에 걸렸나 봐."

성대를 이토록 아름답게 표현하는 아이들을 보니 감탄이 절로 나온다. 언젠가 1학년 아이들과 동시를 써보고 싶다. 이 아이들이 말하고 생각하는 것을 그대로 받아 적으면 예쁜 동시가 될 것 같다.

어린이날 선물

내게는 작년에 산 DSLR 카메라가 있다. 하루는 이 카메라를 들고 학교에 갔다. 봄 햇살을 받으며 운동장에서 뛰노는 아이들 사진을 찍고, 인화해서 액자에 담아 어린이날 선물을 만들어 줄 생각이었다. 그래서 더 좋은 사진을 담고자 한 시간 동안 무려 300장 정도의 사진을 찍었다. 수업이 모두 끝난 뒤 아이들은 돌아가고 나는 노트북에서 사진을 고르기 시작했다. 운동장에서 뛰노는 아이들의 모습이 생생하게 찍혀있었다. 그런데 유독 예준이의 사진이 보이지 않았다. 아무리 뒤져봐도 예준이만 사진이 없었다. 300장의 많은 사진 중에 예준이 사진은 한 장도 없는 것이다.

다음 날 예준이를 복도로 불러내 사진을 찍었다. 하필 그날따라

비가 오는 바람에 운동장으로 나가지도 못했다. 당연히 복도에서 어색하게 찍은 사진이 마음에 들 리가 없었다. 셔터를 연신 눌러도 어색한 표정의 예준이만 찍힐 뿐이었다. 다른 아이들처럼 즐겁고 웃음이 넘치는 자연스러운 사진을 담아낼 수가 없었다. 이런 사진을 선물하면 내 마음이 불편할 것 같았다. 결국 그 다음 날 해가 비치는 시간에 아이들과 산책을 나갔다. 이번에는 꼭 예준이의 예쁜 모습을 담겠노라 다짐하며 카메라 셔터를 연신 눌러댔다. 마침내 우리 반 아이들의 예쁜 모습 30장을 모두 카메라에 담을 수 있었다.

사진을 인화하고 앨범을 사서 끼워 넣었다. 완성된 액자를 투명한 비닐에 담고, 어린이날을 축하한다는 짧은 편지도 함께 넣었다. 액자 선물을 받고 내 사진이 예쁘다며 한참을 바라보는 아이들을 보니 마음이 뿌듯했다. 그런데 한편으로는 미안한 마음이 들었다. 처음 찍은 300장의 사진 속에 왜 예준이만 없었을까? 어쩌면 나도 모르게 예준이를 차별하고 있는 것은 아니었을까? 찍히지 않은 단 한 장의 사진을 생각하며 나를 돌아본다.

선생님 팬티

교실에서 수업을 준비하고 있는데, 누군가 복도에서 다다다다 달려오는 소리가 들렸다. 발소리가 멈추고 교실 앞문이 활짝 열리더니 서윤이가 나타났다.

"선생님! 팬티가 차갑고 똥 묻은 것 같아요. 으하하"

서윤이는 교실이 떠나갈 듯이 깔깔대며 웃었다. 그리고는 손을 내밀어 팬티를 내놓으라고 했다.

"선생님, 팬티 하나만 주세요. 으하하"

"팬티? 지금 없는데 어떡하지?"

"그럼 선생님 팬티 벗어서 주세요. 으하하"

아, ㅇ, ㅏ

집에서 한글을 배우고 오는 1학년들이 많다. 하지만 제법 읽고 쓸 수는 있을 뿐, 자음자와 모음자에 대해서는 잘 모르는 것 같다. 국어 시간에 자음자와 모음자를 공부하는데 평소에 질문이 없던 주원이가 손을 번쩍 들었다. 당연히 반가운 마음이 들었다.

"선생님, 'ㅏ'는 동그라미가 없어도 [아]로 읽어요?"

"응, 맞아."

자기는 분명 '아'를 [아]라고 배웠는데 선생님이 'ㅏ'도 [아]라고 읽으니까 신기했던 모양이다. 엉거주춤하게 자리에서 일어나 질문했던 주원이는 만족스러운 표정으로 자리에 앉았다. 그러자 이번에는 지호가 손을 번쩍 들었다.

"그럼 'ㅇ'은 'ㅏ'가 없어도 [아]로 읽어요?"

"아니야, 'ㅇ'은 [이응]이라고 읽어야 돼."

내가 당연하게 여기며 생각하지 않던 것에 대해 질문하는 아이들을 보면 참 신기하다. 이런 질문들은 내 사고의 폭을 확장하는 계기가 된다. 물론 아이들은 가끔 내 말문을 막아버리는 엉뚱한 질문도 하곤 한다. 그럴 때면 굉장히 당혹스럽다. 1학년 아이들은 선생님이 뭐든지 알고 있을 것으로 생각한다. 그런데 대답을 잘 해주지 못하면 선생님에 대한 환상이 깨질 것 아닌가! 6학년이라면 솔직하게 "잘 모르겠는데, 찾아보고 알려줄게."라고 하겠지만, 왠지 1학년 아이들이 가지고 있는 환상은 지켜주고 싶다. 우리 반 아이들 기억 속에서 무엇이든지 아는 똑똑한 선생님으로 남기 위해 열심히 공부해야겠다.

지금 몇 교시에요?

"지금 몇 교시에요?"

1학년 아이들에게 가장 많이 듣는 말이다. 어떤 아이들은 '교시'라는 단어를 '교실'이라고 말하기도 한다. "지금 몇 교실이에요?"라고 물어보는 것이다. 처음에는 이렇게 질문하는 아이들에게 친절히 "지금은 2교시야."라고 대답해주었지만, 하루에 수십 번씩 그 말을 하다 보니 몸과 마음이 지쳐갔다. 그렇다고 아직 시계 보는 방법을 배우지 않은 아이들에게 시계를 보라고 할 수도 없는 일이었다. 고민 끝에 저학년 학급 경영이라는 책을 사서 원격 연수를 신청했다. 그리고 강의를 듣는데 눈이 번쩍 뜨일 내용이 나왔다.

"저학년들은 '지금 몇 교시에요?'라는 질문을 많이 합니다."

우리 반 아이들만 그런 것이 아니었다. 전국의 1학년 아이들이 날이면 날마다 선생님께 "지금 몇 교시에요?"라고 물어보고 있었다. 나는 이 강의에서 해결책을 찾았다. 교실 앞쪽에 지금 몇 교시인지 알려주는 알림판을 제작하면 되는 것이다. 매시간 알림판을 바꿔야 하는 번거로움이 있지만, 하루에 수십 번씩 같은 대답을 하는 것에 비하면 아무것도 아니었다. 나는 그날 바로 알림판을 만들었고, 효과는 즉각 나타났다. 아이들은 더 이상 몇 교시냐고 묻지 않았다. 대신 이렇게 물어봤다.

"지금 쉬는 시간이에요, 공부 시간이에요?"

맙소사! 내일은 쉬는 시간과 공부 시간 알림판을 만들어야지.

1학년 담임을 맡고 나서 경험의 중요성을 알게 되었다. 교대에서 각종 수업 모형과 교과 지식을 공부하고 학급경영에 대한 여러 이론을 배웠지만, 경험하지 않고서는 제대로 적용할 수 없었다. 아이들은 이론대로 움직이는 기계가 아니니까. 내가 느꼈던 고민과 어려움을 선배 선생님들도 겪었을 테고 그에 따른 해결책 또한 생각했을 것이다. 그런데 그동안 눈을 가리고 귀를 막고 있었다. 나 혼자 무엇이든 할 수 있다는 자만에 빠져있었다. 그런데 내가 그토록 힘들어했던 문제가 선배 선생님의 조언에 금세 해결됐다. 이제는 그들의 경험과 노하우를 내 것으로 만들기 위해 적극적으로 노력해야겠다. 배움에는 끝이 없나 보다.

포스트잇 편지

행정 업무를 하다 보면 메모할 일이 많아진다. 그래서 내 교탁에는 포스트잇이 잔뜩 쌓여있다. 그런데 포스트잇이 1학년 아이들 눈에는 꽤 흥미 있는 장난감으로 보였나 보다. 포스트잇을 살며시 들춰보기도 하고, 선생님 몰래 한 장씩 떼어다가 교실 여기저기에 붙이기도 했다.

"선생님 물건 만지지 마세요."

잠깐 멈칫하던 서윤이가 꾀를 낸다.

"선생님! 여기에 제가 편지 써줄게요!"

선생님에게 편지를 쓴다니 차마 막을 수 없어서 그러라고 했다. 포스트잇을 한 움큼 뜯어간 서윤이는 고사리 같은 손으로 편지를 써왔다.

[민상기 선생님, 사랑해요. 건강하세요. 오래오래 사세요.]

아직 20대인 나에게 오래오래 살라는 편지는 다소 낯설지만, 서윤이 눈에는 내가 건강을 챙겨야 할 어른으로 보였나 보다. 포스트잇 쓰기에 재미를 느낀 서윤이는 자기가 쓴 편지를 아이들 앞에서 자랑했고, 자연히 아이들이 하나 둘 몰려왔다.

"저도 편지 쓸래요!"

"저도요!"

그렇게 교탁에 있던 포스트잇은 모두 동이 났고, 며칠 동안 우리 반에는 선생님께 포스트잇 편지쓰기가 유행처럼 번졌다.

봄 현장체험학습

기다리고 기다리던 현장체험학습일이 되었다. 물론 내가 아니라 아이들 이야기다. 사실 나는 1학년 아이들을 데리고 처음 가는 현장체험학습이라 걱정이 앞섰다. 가뜩이나 학교에서 선생님과 숨바꼭질을 즐기는 아이들인데, 외부로 나가 행여 잃어버리지 않을까 근심이 앞선다. 다행히 같은 1학년에는 높은 경력으로 무장된 선생님들이 계셔서 그나마 안심이었다.

드디어 현장체험학습을 떠났다. 전시관을 둘러보고 작은 운동회에 참가했다. 마침내 아이들이 손꼽아 기다리던 놀이기구를 타는 시간이 돌아왔다. 작은 바이킹이었지만 아이들 눈에는 설렘과 기대가 가득해 보인다. 그렇게 바이킹을 타려고 줄을 서 있는 그 순간 사건이 발생했다.

"으아아아!"

아이들이 갑자기 소리를 지르며 동그랗게 원을 만든다. 무슨 일인가 싶어 가보니 주원이가 바지를 내리고 오줌을 싸고 있었다. 친구들이 바이킹을 타려고 기다리는 그곳에서 말이다! 줄을 다시 세우고 주원이를 불러서 물어봤다.

"왜 거기서 오줌 쌌어?"

"너무 쉬가 마려워서요."

우문현답이다.

"다음에 또 오줌이 마려우면, 화장실에 가거나 선생님에게 미리 말해줘. 알겠지?"

주원이가 웃으며 고개를 끄덕인다. 지금 와서 생각해보니 당황스러운 일이었지만, 한편으로는 다행스러운 일이다. 만약 바지를 내리지 않고 바지에 오줌을 쌌다면 어땠을까? "내가 못 살아."를 외치며 화를 잔뜩 내고는 주원이 어머님께 새 바지를 가져오라고 전화했을 것이다. 그랬다면 첫 현장체험학습이 짜증 나는 날로 기억되었겠지. 이 글을 통해 주원이에게 현명한 판단을 해주어서 고맙다고 감사의 인사를 전한다.

운동장이 좋아요

1학년 아이들이 운동장에서 뛰노는 모습을 보고 있으면 저절로 기분이 좋아진다. 아무런 생각 없이 노는 것 같지만 가까이서 지켜보면 나름대로 의미 있는 무엇인가를 하고 있기 때문이다. 아쉽게도 우리 반이 운동장을 사용할 수 있는 날은 금요일 2교시뿐이다. 그런데 오늘은 2, 4, 6학년이 현장체험학습을 가고, 5학년은 야영을 떠나는 날이다. 학교에는 1학년과 3학년만 남아있고, 운동장 시간표는 온종일 운동장이 비어있었다. 이런 날은 먼저 선점한 반이 임자다. 마침 오늘이 금요일이니 우선 2교시에 운동장 수업을 하고, 그 다음 상황을 결정하기로 했다.

"자, 다들 운동장으로 나오세요."

아이들이 환호성을 지르며 빠른 걸음으로 복도를 걸어간다. 간단한 준비 운동을 하고 오늘은 특별히 자기가 하고 싶은 놀이를 하라고 했다. 아이들은 두 손을 번쩍 들고 소리 지르며 제자리에서 방방 뛰었다.

"선생님, 놀이터에서 놀아도 돼요?"

"물놀이해도 돼요?"

"미끄럼틀 타도돼요?"

하고 싶은 것도 많다. 운동장 밖으로 나가지만 않으면 된다고 하니, 아이들은 삼삼오오 모여 각자 놀고 싶은 곳으로 달려갔다. 나는 밖으로 나간 아이들이 있는지 살펴보고 운동장 여기저기에 흩어져 있는 아이들을 한명씩 만나봤다. 연수는 씨름장에서 흙장난을 하고 있었다. 나는 연수에게 다가갔다.

"연수야, 뭐 하고 있어?"

나를 보고 배시시 웃더니 흙을 쌓기 시작한다.

"선생님 만 살 돼서 죽으면 학교에 묻어줄게요."

"응?"

생각지도 못한 대답에 살짝 당황했다. 연수는 아랑곳하지 않고 흙무덤을 쌓으며 말을 이어갔다.

"그리고 누가 밟으려고 하면 못 밟게 할게요."

진지하게 흙무덤을 만들고 있는 연수 모습이 웃겨서 웃음을 참고 물어봤다.

"학교 어디에 묻어줄 거야?"

"음, 여기 씨름장이요."

그러더니 연수는 내가 지켜보고 있다는 사실도 까맣게 잊은 채 흙 쌓기 놀이에 열중했다. 나는 연수 머리를 한 번 쓰다듬어주고 소꿉놀이를 하는 아이들에게로 갔다. 그 아이들 역시 소꿉놀이에 빠져서 내가 온 줄도 모르고 있었다. 신발을 벗고 옆에 앉아 가만히 지켜보는데 지우가 나에게 다가왔다. 지우는 말없이 내 신발 한 짝을 가져가더니 몇 분 뒤 나타나서 외쳤다.

"짠! 선생님 운동화는 흙 주머니!"

가만 보니 운동장 모래흙을 내 신발에 넘치도록 담아온 것이다. 너무나 순수한 얼굴로 흙이 가득 담긴 운동화를 들고 있는 지우를 보니 웃음이 터져 나왔다.

"아이고, 지우야. 선생님 운동화에 흙은 담아오면 어떡하니."

내가 울상을 지으니 지우는 깔깔대며 웃는다. 운동화를 거꾸로 들고 흙을 털어냈다. 한참을 털어냈는데도 발바닥이 까끌까끌했다. 그렇게 아이들이 신나게 놀고 있는데 2교시가 끝나는 종이 울렸다. 그러자 지호가 애처롭게 말했다.

"선생님, 조금만 더 있다가 가면 안 돼요?"

마치 나라를 잃은 것 같은 표정이었다. 어차피 오늘은 운동장이 비는 날이니, 나는 인심 쓰는 척하며 그러자고 했다. 아이들은 쉬지 도 않고 3교시 내내 운동장을 뛰어다녔다. 그리고 어느덧 3교시가 끝나는 종이 울렸다.

"선생님, 조금만 더 있다가 가면 안 돼요?"

지호가 또다시 말했다. 아까보다 더 애처로운 표정이었다. 왠지 수업을 안 하려는 게으른 선생님이 된 것 같지만, 이런 날은 1년에 딱 한 번 올까 말까한 날이기 때문에, 오늘 하루만 게으른 선생님이 되기로 했다. "그럴까?"라는 말에 지호는 "앗싸!"를 외치며 수돗가로 뛰어갔다. 그리고는 떨어진 페트병을 주워 물을 담고 운동장에 그림을 그리기 시작했다. 운동장에 물이 흥건하게 고이자 물길을 만들어 섬과 바다도 만들었다. 그렇게 한 시간을 더 놀고 4교시 수업이 끝나는 종이 울렸다.

"선생님, 조금만 더 있다가 가면 안 돼요?"

"이제 밥 먹어야지."

"그래도 제발요."점심시간인데도 지호는 더 놀자고 졸랐다.

"안 돼. 이제 밥 먹고 집에 가야지."

그러자 지호가 어깨를 축 늘어뜨리며 나지막하게 말했다.

"치, 선생님 때문에 많이 못 놀았잖아요."

기가 막혔다. 오늘 세 시간이나 운동장에서 놀았는데!

그때 문득 이런 생각이 들었다. 세 시간을 놀아도 조금밖에 못 놀았다고 생각하는 아이들이 평소에는 교실에서 공부만 한다. 운동장에서 수업하는 시간은 일주일에 겨우 40분이다. 학교가 끝나면 아이들은 놀이터에서 놀 새도 없이 방과 후 수업이나 학원으로 간다. 할 일을 모두 마치고 나면 친구들이 없는 쓸쓸한 운동장만이 남아있다.

그래서일까? 3시간 내내 우리 반 30명의 모든 아이들은 "이제 들어가자."는 말도 없이 운동장을 실컷 뛰어다니며 하고 싶은 놀이를 했다. 전처럼 선생님이 '달팽이 놀이'나 '꼬리잡기'같이 새로운 놀이를 가르쳐주지 않았는데도, 시간과 장소만 마련해주니 시간 가는 줄 모르고 신나게 뛰어놀았다.

아이들의 '놀 권리'는 요즘 교육 현장의 화두다. 얼마 전 발표된 어린이 놀이 헌장을 읽어봤을 때 '놀 권리'라는 말을 보았는데, 사실 생소하게 다가왔다. 놀이에 대해 진지하게 고민해보지 않았기 때문이다. 그런 나에게 어린이 놀이 헌장은 놀이 지원, 놀 터, 놀 시간 등 그동안 내가 생각조차 못 해본 개념과 함께 '놀이'에 대해 생각하게 만들어주었다.

학교란 어떤 곳인가? 학교는 단순히 수업을 하는 공간이 아니다. 교사는 아이들의 전인적인 발달과 성장을 목표로 교육해야 한다. 수업은 이런 목표를 이루기 위한 많은 방법의 하나일 뿐이다. 놀이 또한 수업과 마찬가지로 교육의 궁극적인 목표를 이루기 위한 중요한 방법이 될 수 있다. 그동안 수업에 관한 생각들을 많았지만, 놀이에 대해서는 누구도 말하지 않았다. 이제는 놀이 또한 아이들의 발달과 성장을 도울 수 있다는 관점에서 다양한 생각들이 오가기를 바란다.

〈어린이 놀이 헌장〉

모든 어린이는 놀면서 자라고 꿈꿀 때 행복하다. 가정, 학교 지역사회는 어린이의 놀 권리를 존중해야 하며, 어린이에게 놀 터와 놀 시간을 충분히 제공해 주어야 한다.

어린이에게는 놀 권리가 있다.

어린이는 놀이로 행복을 누릴 권리가 있으며 놀이의 주인은 어린이이다.

어린이는 차별 없이 놀이 지원을 받아야 한다.

어린이는 성별, 종교, 장애, 빈부, 인종 등에 상관없이 놀이 지원을 받아야 한다.

어린이는 놀 터와 놀 시간을 누려야 한다.

어린이는 자유롭게 놀거나 쉴 수 있도록 놀 터와 놀 시간을 충분히 누릴 수 있어야 한다.

어린이는 다양한 놀이를 경험해야 한다.

가정, 학교, 지역사회는 어린이의 발달 단계에 맞는 풍부한 놀이 환경을 만들어 주고, 다양한 놀이 경험의 기회를 제공해 주어야 한다.

가정, 학교, 지역사회는 놀이에 대한 가치를 존중해야 한다.

가정, 학교, 지역사회는 어린이의 놀이를 존중하고 가치를 인정해야 하며, 안전하고 즐겁게 놀 수 있도록 배려하여야 한다.

2015년 5월 4일

전국 시도교육감협의회 선포

어제 아이스크림 먹었다요

이상한 사실을 알게 되었다. 요즘 아이들이 '~했다요.'라는 말투를 많이 쓴다는 사실을 말이다.

"어제 아이스크림 먹었다요."

"오늘 아침에 김밥 먹었다요."

"이거 재미있다요."

어른에게 존댓말을 써야 하는데, 정확한 용법을 몰라 말끝에 '~요'만 붙이는 모양이다. 가르쳐야 할 것이 참 많은 아이들이다.

참새를 살려주세요

우리 반 아이들은 일주일 중 가장 기다려지는 시간으로 금요일 2교시를 꼽는다. 그 시간은 운동장에 나갈 수 있기 때문인데, 달리기나 달팽이 놀이 그리고 땅따먹기 같은 전통 놀이를 배우며 즐겁게 수업을 한다. 오늘은 자유롭게 노는 시간을 주었는데, 모래밭에서 신나게 뛰놀고 있어야 할 아이들이 배수로에 모여 있다. 무슨 일이 있나 가보니 한 아이가 내 손을 끌어당기며 말했다.

"선생님! 여기 참새가 떨어져 있어요!"

"응, 참새가 실수로 떨어졌나 봐. 그냥 두고 놀이터에서 놀아."

아이들에게 가서 놀라고 말했지만, 구멍이 큰 배수로 사이에 빠진 새끼 참새를 두고 떠나려 하지 않았다. 오히려 참새가 움직이는 대로 졸졸졸 따라가곤 했다.

"선생님! 참새를 구해주세요. 제발요."

애원하는 아이들의 성화에 못 이겨 배수로 뚜껑을 당겨보지만, 꿈쩍도 하지 않았다.

"아이고, 이거 안 열리네. 그냥 여기에 있지 말고 놀이터에 가서 놀아."

언제나 말을 잘 듣는 아이들이었지만, 오늘만큼은 뜻을 굽히지 않고 배수로 뚜껑을 하나씩 잡아당겼다. 그러더니 결국 헐겁게 닫힌 배수로 뚜껑을 발견하고 힘을 모아 열어냈다. 그리고 참새를 한쪽으로 모아 배수로에서 끄집어냈다. 교실로 돌아온 아이들은 참새를 어떻게 할지 의논하기 시작했다. 회의 문화에 익숙하지 않은 아이들이 놀랍게도 스스로 회의를 이끌어 갔다.

누군가 참새에 대해서 공부해보자는 의견을 내자, 연이어 참새가 무엇을 먹는지, 암컷인지 수컷인지 알아보자는 의견으로 구체화 되었다. 또한 참새를 살려주자는 의견은 동물 병원에서 치료를 받은 뒤 보살피다가 날 수 있게 되면 자연으로 돌려보내자는 의견으로 구체화 되었다. 그렇게 여러 의견이 오간 뒤, 각자 집에서 참새에 대해 공부하고 참새의 이름까지 지어 오자며 회의가 마무리되었다. 시작부터 결론이 날 때까지, 아이들이 눈을 반짝이며 자기 일처럼 참여했다는 사실이 놀라웠다. 회의에 대해 아직 배우거나 경험해본 적이 없는 아이들인데도 말이다.

물론 현실은 계획처럼 호락호락하게 이어지지 않았다. 다친 참새는 비실비실하다 결국 얼마 지나지 않아 죽어버렸다. 아이들은 그 모습을 신기하게 바라보았다.

"참새가 힘이 모두 빠졌나 봐. 죽어버렸네……."

내 말을 들은 아이들은 다시 열띤 회의를 시작했다. 참새의 죽음 이후를 계획하기 시작한 것이다. 대부분의 아이는 참새를 땅에 묻어주자고 했지만, 누군가는 죽은 동물을 땅에 묻는 것이 환경오염을 일으킨다며 반대했다. 학교 모래밭에 묻자는 의견도 누군가에 의해 밟힐 수 있다며 반대되었다. 사실 이 문제의 정답은 정해져 있었다. 죽은 동물은 생활폐기물로 분류되기 때문에 쓰레기봉투에 넣어서 버려야 한다. 물론 차마 "죽은 참새는 쓰레기봉투에 버리는 거야."라고 말할 수 없었다.

"선생님이 참새가 좋은 곳으로 갈 수 있도록, 선생님 집 뒷동산에 묻어줄게."

내 말을 들은 아이들 모두 고개를 끄덕였다. 학교가 끝나자 다은이는 참새 사진을 뽑아달라고 했다. 참새가 천국에 갈 수 있게 집에서 기도하고 싶은데, 참새가 어떻게 생겼는지 기억나지 않는다면서 말이다. 그날 저녁, 준우는 "선생님, 참새가 천국에서는 하수구에 빠지지 않게 기도할게요."라는 문자 메시지를 보내왔다. 아이들이 마음이 참 예쁘게 느껴졌다.

참새가 죽은 건 슬픈 일이다. 하지만 배수로에 빠진 참새를 구하고, 그 참새를 위한 회의를 하면서 아이들은 수업시간에 배울 수 없는 소중한 경험을 선물 받았을 것이다. 참새에게 좋은 선물을 받은 것 같다.

여름방학

어느덧 1학기가 끝나고 여름방학이 다가왔다. 교사에게 방학이란 참으로 소중한 시간이다. 휴식을 취하며 재충전의 시간을 보내기도 하고, 다음 학기를 위해 교재연구를 하면서 수업 준비를 하기도 한다. 또한 각종 연수를 들으며 교사로서의 역량을 쌓고, 여행을 하며 다양한 문화와 이야깃거리를 경험하기도 한다. 처음 1학년을 맡아 하루하루가 좌절의 연속이었기 때문에 이번 방학이 더욱 반갑게 느껴졌다. 다음 학기에는 더 성장하여 아이들과 만날 수 있을 것 같은 자신감도 들었다. 그런데 아이들은 그렇지 않은 모양이다. 방학이라 학교에 오지 않는다고 좋아하는 아이들도 있었지만, 반대로 학교에 오지 않아서 싫다는 아이들도 있었다. 어떤 아이들은 방학

때 선생님을 못 보게 됐다며 눈물을 찔끔 짜내기도 한다.

"선생님, 방학 안 했으면 좋겠어요."

"왜?"

"방학하면 선생님 못 보잖아요. 잉잉."

선생님과 헤어져서 슬프다는 아이들을 위로하고 있는데, 다은이가 울먹이며 내게 말했다.

"근데 우리들은 슬픈데 왜 선생님은 웃고 있어요?"

얼굴이 빨개졌다. 아이들의 슬픔은 신경 쓰지 않고 방학이라며 혼자 좋아하던 내 모습이 부끄러워졌다. 나도 모르게 내 감정이 얼굴에 드러났나 보다. 아이들은 나의 미세한 표정 변화에서 내 감정을 읽어냈다. 작은 표정 변화만으로도 내 감정을 읽어내는 아이들을 보니 늘 좋은 마음을 가져야겠다는 생각이 든다. 그동안 화나고 짜증 날 때 아이들 앞에서 드러낸 표정은 어땠을까? 그때도 아이들은 내 표정을 보고 내 감정을 읽어냈을 것이다. 조심하고 또 조심해야겠다.

out of sight, out of mind

방학 중이지만 학교에 볼일이 있어 출근했다. 마침 우리 반 다은이가 보였다. 다은이는 방학식 날 날 보지 못한다며 눈물을 흘렸던 아이이다. 다은이가 나를 발견하더니 멀리서부터 달려왔다.

"선생니임!"

"다은아, 안녕."

"선생님, 뭐가 좀 달라진 것 같아요."

"그래? 잘생겨졌어?"

분명 "네!"라고 대답할 거라 생각하고 대답을 기다리는데, 다은이가 단호하게 말했다.

"그건 아니고요."

"……."

그러더니 이렇게 말하고 다시 가던 길을 가버렸다.

"빠이."

눈에서 멀어지면 마음도 멀어지나 보다.

개학

2학기 개학 첫날이다. 민준이가 학교에 오자마자 인사도 하지 않고 물어본다.

"오늘 금요일이니까 운동장 나가죠?"

기억력도 참 좋다.

반장선거

2학기 반장을 뽑는 날이다. 1학년은 1학기 때 반장을 뽑지 않았으니, 이 아이들에게는 인생의 첫 번째 반장선거가 되는 것이다.

"며칠 전에 선생님이 오늘 반장 뽑는다고 말했죠?"

"네!"

"반장선거에 나오고 싶은 사람은 손들어보세요."

"저요! 저요!"

5명을 뽑는 반장선거에 무려 20명이 손을 들었다. 놀라운 순간이다. 6학년 반장선거에는 고작 한두 명 정도만 출마한다. 나머지는 선생님이 어르고 달래야지 겨우 출마 의사를 밝힌다. 그런데 20명이라니! 차례대로 나와서 소견을 발표했다. 지난밤, 전화로 "선생님, 내일 발표할 때 미리 써서 보고 읽어도 돼요?"라고 물어봤던 민서는 차분하게 발표를 했다. 친구들이 손을 들자 얼떨결에 자기도 손을 든 주원이는 "저를 뽑아주세요. 헤헤헤"라고 장난스러운 소견 발표만을 했다. 20명의 후보가 모두 발표를 마치자 투표를 시작했다. 한 명당 두 표씩 행사할 수 있었다. 친구의 이름을 보고도 쓰지 못하는 아이들이 많기 때문에, 이름이나 숫자를 써서 투표하기로 했다.

"선생님! 자기 이름 적어도 돼요?"

왠지 자기 이름을 적으면 안 될 것 같은 느낌이 드나 보다.

"그럼. 자기 이름 적어도 돼."

아이들은 누가 볼까 봐 손으로 조심스럽게 가리고 자기 이름을 적는다. 투표가 모두 끝나자 곧바로 개표를 했다. 나 역시 어렸을 때 반장선거에 나갔었는데, 이때만큼 가슴 떨리는 순간도 없었다. '반장이 안 되면 어떡하지?', '내 표가 가장 적으면 창피해서 어쩌지?'와 같이 불안한 생각이 심장을 쿵쾅거리게 만들었다. 개표가 진행되며 이름이 호명될 때마다 아이들은 환호와 감탄사를 연발했다. 그렇게 60번의 환호성이 끝남과 동시에 결과가 나왔다. 후보가 20명이나 되기 때문에 표가 분산되었는데, 참된 민주주의 사회를 보는 것 같았다. 1등은 7표, 2등은 6표, 3등은 5표, 4등은 4표인데 무려 3명이 공동으로 4등이 되었다. 그래서 그 3명은 재투표를 해서

1명을 떨어뜨려야 했다.

"선생님, 그럼 저도 다시 투표하는 거예요?"

1표를 받은 민서가 잔뜩 기대하는 눈빛으로 물어본다.

"이번에는 4표를 받은 친구들만 다시 하는 거야."

"네……."

실망한 기색이 역력했다. 어깨가 축 늘어진 민서를 보니 짠한 마음이 들었다. 어젯밤 내내 원고를 보며 발표를 연습했을 텐데, 친구들이 아무도 자기에게 표를 주지 않은 것이다.

어쨌든 2차 투표를 통해 최종 당선자가 결정되었다. 당선된 5명의 아이들은 의기양양한 모습으로 걸어 나왔다. 앞으로 선생님과 친구들을 도와 행복한 반을 만들겠다는 다짐도 했다. 모두 함께 반장이 된 친구에게는 축하의 박수를, 떨어진 친구에게는 격려의 박수를 보냈다. 앞으로 반장이 될 기회는 6학년까지 10번이나 더 있으니 오늘 떨어진 친구들도 너무 실망하지 말라는 나의 격려사를 끝으로 반장선거가 모두 끝났다.

쉬는 시간이 되자 1표를 받은 민서는 친구들에게 말했다.

"반장, 그거 별로 안 좋은 거야."

1학년 아이에게 반장선거에서 떨어진 경험은 인생에서 겪은 첫 번째 패배겠지. 어떻게 아쉬운 마음을 어루만져줘야 할까? 참 어려운 일이다. 앞으로 더 많은 시련을 겪으며 성장해야 하는데 걱정스러운 마음도 들었다. 어른이 되어간다는 것, 참 슬픈 일이다.

치맥

어제 반장이 된 서연이가 내게 와서 말했다.

"선생님, 어제 우리 엄마가 나 반장 됐다며, 치킨을 먹고 맥주도 꿀꺽꿀꺽 마셨어요."

손으로 치킨을 뜯는 모습과 맥주 마시는 흉내를 내는 모습이 귀엽다. 서연이는 얼굴을 찡그리며 "캬~"하고는 말을 이어갔다.

"맥주 마시면 배 아프니까 선생님은 맥주 마시지 마세요."

"선생님 걱정해줘서 고마워. 맥주 마시면 안 되겠네."

서연이는 방긋 웃으며 자리로 돌아갔다. 나는 오늘 서연이에게 거짓말을 하고 말았다.

임신빵

국어 교과서에 구름빵 이야기가 나온다. 구름빵은 말 그대로 구름으로 만든 빵인데, 이 빵을 먹으면 구름처럼 하늘을 날 수 있다. 수업 시간에 구름빵 이야기를 배우며 자기가 먹고 싶은 빵을 만들기로 했다.

"저는 백점빵을 먹고 시험에서 100점 받을 거예요."

"저는 어른빵을 먹고 빨리 어른이 될 거예요."

아이들답게 재미있는 답들이 많이 나왔다. 그렇게 수업이 끝나고 쉬는 시간이 되었다. 그런데 서윤이가 교탁으로 쪼르르 달려 나오더니, 배가 불룩 나와 있는 그림을 보여주며 말했다.

"선생님, 저는 임신빵을 만들어서 아기를 낳을 거예요."

“서윤이 닮은 아기를 낳으면 정말 예쁘겠다.”

이렇게 말하고 책상 서랍에서 서류를 찾는데 서윤가 내 노트북으로 무엇인가를 하고 있었다. 뭘 하는지 보니 유튜브(youtube)에 ‘임신하는 법’을 치고 있는 것이었다. 다행히 검색을 누르려는 순간 발견했다.

“그만! 선생님 컴퓨터 만지지 말랬지!”

서윤이는 야단을 쳐도 그저 “깔깔깔” 웃으며 도망갔다. 나중에 아이들이 돌아가고 ‘임신하는 법’을 검색해보니 아이들이 봐서는 안 될 영상들이 검색됐다. 유튜브에는 정제되지 않은 영상들이 너무 많은 것 같다. 수업에 활용할 때는 꼭 미리 점검하고 사용해야겠다.

걸스카우트

나는 걸스카우트 대장이다. 걸스카우트는 보통 한 달에 한 번 정도 외부로 체험활동을 나간다. 이번 달에도 체험활동에 참여하는 학생들 명단을 적고 있는데, 서윤이가 내 옆으로 왔다.

"선생님 걸스카우트 가요?"

"응."

"또 저는 안 데리고 언니들만 데리고 가려고!"

"이건 3학년부터 할 수 있어. 서윤이도 3학년 되면 갈 수 있어."

"선생님 치사해요."

"선생님한테 치사하다니!"

이쯤 되면 나도 1학년이 된다. 유치한 말싸움이 시작된 것이다.

그러더니 서윤이가 이마에 손을 얹고 당장에라도 쓰러질 것 같은 표정으로 말했다.

"아, 선생님 때문에 스트레스 받을 것 같아. 저도 데리고 가세요."

영락없이 아침 드라마에서 아들의 결혼을 반대하는 시어머니 모습이다. 신들린 연기를 하던 서윤이는 좋은 생각이 떠올랐는지 노트북 화면을 가리키며 물었다.

"여기에 이름 적으면 갈 수 있어요?"

말 끝나기가 무섭게 서윤이는 내 앞으로 비집고 들어왔다. 어디서 배웠는지 제법 능숙하게 컴퓨터를 다루는 것이 참 신기했다. 그렇게 고사리 같은 손으로 마우스를 잡고 한글 프로그램을 실행시켰다. 그리고 자기 이름과 친구 이름 그리고 내 이름까지 적더니 출력을 했다. 그렇게 이름 세 개가 인쇄된 종이를 펄럭이며 후다닥 뛰어가며 외쳤다.

"나도 걸스카우트 갈 수 있다! 으하하"

고작 이름 세 개가 적힌 종이가 체험활동 신청서가 되는 순간이었다.

예쁜 얼굴

책 만들기 활동을 하고 있을 때였다. 앞에서 책 만드는 방법을 설명하고 있는데, 다은이가 내게 물었다.

"선생님, 근데 다리 아프게 왜 맨날 일어서 있어요?"

자기들은 앉아서 공부하는데 선생님은 온종일 서 있는 모습이 이상했던 모양이다.

"일어서 있어야 너희들 예쁜 얼굴을 볼 수 있지."

내 말을 들은 다은이는 배시시 웃는다. 요즘 유행하는 표현을 빌리자면, 손발이 사라지는 오글거리는 말이었다. 그런데 1학년 아이들은 이런 오글거리는 말을 참 좋아한다. 잠깐의 민망함만 참으면 이런 예쁜 선물을 줄 수 있다. 그래서 오늘도 오글거리는 말을 생각하곤 한다.

사고뭉치

칼로 택배 상자를 뜯다가 손등을 살짝 베었다. 상처 난 자리에 반창고를 붙이고 학교에 갔는데, 내 손을 본 지아가 물었다.

"선생님, 손 왜 다쳤어요?"

"칼로 상자 자르다가 다쳤어."

그러자 지아는 날 한심하다는 눈으로 쳐다보며 말했다.

"어휴, 선생님, 사고뭉치에요?"

결혼

급식실에서 밥을 먹는데, 서준이가 컵을 들고 내게 다가왔다. 고맙게도 나에게 물을 떠다 준 것이었다. 그런데 내 앞에 수줍게 컵을 내민 서준이는 내가 밥 먹는 모습을 찬찬히 지켜보며 물었다.

"선생님, 아들 있어요?"

"응? 선생님 아직 결혼도 안 했는데."

"선생님 몇 살인데요?"

"27살이야."

내 나이를 들은 서준이가 깜짝 놀란다.

"네? 27살이면 결혼해야죠! 왜 결혼 안 해요?"

"27살이면 결혼해야 하는 거야?"

서준이는 당연하다는 듯이 고개를 끄덕인다.

"그럼 서준이는 언제 결혼할 거야?"

"저는 이십오 살쯤?"

서준이는 손가락으로 셈을 하더니 대답한다.

"그럼 서준이 결혼할 때 선생님이 냉장고 선물해줘야겠네."

"진짜요? 근데 냉장고 비싸지 않아요?"

서준이가 눈을 동그랗게 뜨고 깜짝 놀라며 말한다.

"괜찮아. 어른되서 결혼하면 선생님 초대해줘."

"네. 당연하죠."

서준이는 들뜬 얼굴을 하고 교실로 돌아갔다.

서준이가 청첩장을 보내면 꼭 냉장고를 사주리라.

이상한 선생님

아이들이 모두 돌아간 교실에서 교재연구를 하고 있던 때였다. 방과 후 수업을 마치고 돌아온 하은이가 내 옆으로 왔다.

"선생님 뭐해요?"

"선생님 공부해."

"또요?"

"그럼. 너희들 가르치려면 공부해야지."

"왜 또 공부해요?"

선생님은 뭐든 다 안다고 생각했는데, 공부를 한다고 하니 이상한 모양이다. 그때 지아가 들어왔다. 지아는 교탁에 펼쳐진 교과서를 보더니 물었다.

"이거 내일 해요?"

"아니, 내일은 아니고 다음에 할 거야."

"근데 왜 벌써 공부해요?"

딱히 적당한 대답이 떠오르지 않았는데, 그때 마침 퇴근 시간을 알리는 종이 울렸다.

"선생님 이제 집에 가요?"

"아니, 이제 일 좀 하고 갈 거야."

아이들은 이해하지 못하겠다는 표정으로 나를 바라봤다.

"일이 재미있어요?"

아이들 눈에는 내가 참 이상한 선생님으로 보이겠다. 날 이해하는 날이 오면 이 아이들도 어른이 되어있겠지.

감기약

지아가 마스크를 쓰고 학교에 왔다.

"지아야, 왜 마스크 썼어?"

지아는 힘없는 목소리로 말했다.

"감기 걸렸어요."

다음날, 마스크를 벗고 온 지아가 나에게 쪼르르 달려왔다.

"저 어제 요구르트랑 초콜릿 먹고 감기 다 나았어요."

미래의 노벨 의학상 수상자가 여기 있다.

예쁜 마음

지훈이 자리에서 놀던 다은이가 갑자기 외쳤다.

"선생님! 지훈이 책상에 나쁜 말 적혀있어요."

확인해보니 개XX라고 칼로 새겨진 된 오래된 낙서가 있었다.

"내일 선생님이 책상 바꿔줄게."

"이거 한 장 주세요."

다은이는 내게 포스트잇을 한 장 달라고 한 뒤, 자리에 돌아가 무언가를 쓰더니 승준이 책상에 붙여놓았다. 궁금해서 가까이 가보니 포스트잇으로 욕이 새겨진 곳을 가려놓았다.

[욕 임니다. 보지마세요.]

글씨도 삐뚤삐뚤하고 맞춤법도 틀렸다. 웃음이 나와 피식 웃고 있는데 다은이가 혼잣말로 중얼거렸다.

"지훈이가 얼마나 마음이 아프겠어."

책상에 있는 욕을 보고 마음 아파할 친구를 생각하며, 그 친구가 욕을 보지 못하도록 종이로 덮어주는 행동이 나를 감동하게 했다. 나는 다른 사람에게 이런 배려를 한 적이 있었던가? 오늘도 아이들에게 많은 것을 배운다.

실패한 협박

점심시간이 끝나고 5교시가 시작되었는데 민준이와 주원이가 보이지 않았다. 10분이 지나서야 교실 뒷문으로 두 아이는 당당하게 들어왔다.

"왜 이렇게 늦게 왔어?"

"축구 보다가요."

수업이 끝나고 두 아이를 불렀다. 자초지종을 들어보니 6학년 형들의 축구 경기에 푹 빠져 점심시간이 끝난 줄도 몰랐다고 한다. 그래도 수업 시간에 늦었으니 반성하라는 뜻에서 '수업 시간에 늦지 않겠습니다.'를 30번씩 적으라는 과제를 내주었다. 왠지 모르겠지만 민준이는 글쓰기 과제를 내주면 재미있어한다. 그게 벌이라고 해도 말이다. 나는 즐거워하는 민준이를 향해 무서운 얼굴로 협박했다.

“다음에 또 늦으면 엄마, 아빠 오라고 해서 민준이랑 같이 쓰게 할 거야.”

그러자 민준이가 눈을 반짝거렸다.

“어? 우리 엄마랑 아빠는 글씨 엄청 빨리 쓰는데!”

“그럼 지금 엄마, 아빠 오시라고 할까?”

“네! 그럼 좋죠. 흐흐흐”

내 협박은 완벽하게 실패했다.

무심한 선생님

유난히 바쁜 날이 있다. 아침에 출근하자마자 노트북을 켜고 일을 해야 한다. 교실 문이 열리고 아이들이 들어오며 인사를 한도, 아이들 얼굴을 쳐다볼 겨를 도 없이 "응, 그래. 안녕."이라고 기계적으로 대답할 뿐이다. 누가 왔는지 정확히 알지도 못하고 말이다. 그렇게 한창 열심히 일을 하는데, 석현이가 내 옆으로 와서 자랑하기 시작했다.

"선생님, 어제 할머니가 시계 사줬어요."

"와, 좋겠네."

무슨 시계인지 보지도 않고 영혼 없이 말했다.

10분 뒤에 석현이가 다시 내 옆으로 왔다.

"선생님, 여기 기스 났어요."

"아이고, 어떡해. 슬프겠다."

걱정하는 듯 말하지만 여전히 내 눈은 노트북 화면에 고정되어 있고 손은 바쁘게 움직이고 있었다. 그 후로도 쉬는 시간마다 석현이는 열심히 일하는 내 옆으로 다가와 재잘거렸다. 나는 그때마다 얼굴도 마주치지 않고 "그래. 좋겠다. 멋지네."를 무미건조하게 말할 뿐이었다. 3교시가 끝나고 쉬는 시간이 되자 어김없이 석현이가 찾아왔다.

"선생님, 이거 새로 나온 시계라서 5만원이래요. 다른 건 만원인데 이건 5만원이에요."

그제야 내 손이 멈췄다. 노트북 화면을 바라보던 눈은 석현이를 향하고, 키보드를 두드리던 손은 석현이의 손을 잡았다.

"정말? 할머니가 특별히 석현이한테 5만 원짜리 좋은 시계를 사주셨구나!"

냉담하던 선생님이 관심을 보이자 석현이는 활짝 웃었다. 그리고 할머니 자랑과 시계 자랑을 늘어놓았다. 이야기를 들으며 석현이에게 미안한 마음이 들었다. 석현이는 선생님이 이렇게 자기 말을 들어주기를 원했을 것이다. 할머니에게 선물 받은 소중한 시계를 선생님에게 자랑하려고 가벼운 발걸음으로 학교에 왔는데, 자랑스럽게 자랑하는 시계를 보지도 않고 냉랭한 반응만을 보인 선생님에게 석현이는 적잖이 실망했을 것이다.

내 기억에 모두 담지 못했다고 해도, 그 동안 일을 핑계로 들어주지 않았던 아이들의 작은 재잘거림이 많을 것 같다. 교사에게 가장 중요한 업무인 교육을 뒷전에 두고, 행정가로서 아이들을 대했던 시간들이 스쳐 지나갔다. 이제는 무심한 행정가가 아니라 친절한 선생님이 되어 아이들을 마주하기로 다짐한다.

용돈 모아 집장만

추석 연휴를 보낸 뒤라 그런지 서준이는 친척들에게 받은 용돈을 자랑했다.

"선생님, 저 추석 때 3만 원이랑 5만 원 받았어요."

"용돈 많이 받았네! 그 돈으로 뭐할 거야?"

서준이는 한 치의 망설임도 없이 대답한다.

"저금할 거예요."

"저금해서 뭐할 거야?"

"돈 모아서 결혼할 때 집 살 거예요."

내가 초등학교 1학년 땐 '집을 산다.'는 개념이 없었던 것 같다. 그저 내가 살던 집이 우리 집이려니 했는데, 서준이는 벌써 '집을 산다.'는 생각을 가지고 있었다. 잠깐 머릿속으로 계산을 해봤다. 한 달에 10만 원씩 저금을 하면 1억짜리 집을 사기까지 약 84년이 걸렸다. '서준아, 그 돈으로는 결혼할 때 집 못 사…….'라고 장난을 치려다가 이내 그만두고 말한다.

"서준아, 결혼할 때 멋진 집 사서 꼭 선생님 초대해줘!"

진화론 vs 창조론

1학년들과 수업을 하다 보면 대화가 산으로 갈 때가 종종 있다. 개교기념일에 대해 이야기하던 그때도 마찬가지였다. 먼저 과학자가 꿈인 예준이가 화두를 던졌다.

"선생님, 학교는 어떻게 생겼어요?"

우주의 기원을 연구하는 과학자처럼 학교의 기원을 묻는 질문이다.

"10년 전에 계셨던 옛날 교장 선생님이 '여기에 학교를 만들어야지.'라고 생각했어. 그리고 공사하는 아저씨들께 부탁해서 만들었지."

물론 틀린 대답이었다. "헌법에 명시된 교육의 권리를 보장하기 위해, 대한민국 정부 및 지방자치단체의 계획에 의거하여 국민의 세금으로 학교가 만들어졌다."는 대답을 쉽게 설명하기가 어려웠고 그렇게 말할 필요도 못 느꼈기 때문에 저렇게 얼버무린 것이다. 다행히 이런 엉터리 대답에도 예준이는 알았다는 듯이 고개를 끄덕이다가 다른 질문을 던진다.

"그럼 우리나라는 누가 만들었어요?"

그 기원을 어디까지 올라가야 할까? 대단히 어려운 질문이다. 적절한 대답을 생각하고 있던 차에 교회에 다니는 태언이가 외쳤다.

"하나님이 사람도 만들고 우리나라도 만들었어!"

그러자 서현이가 반박했다.

"아니야. 사람은 하나님이 만든 게 아니고, 옛날부터 진화한 거야."

난데없이 진화론 대 창조론의 열띤 논쟁이 시작되었다. 성인들의 토론처럼 여기저기서 설전이 오갔다. '여기가 1학년 교실이 맞나?' 하는 생각까지 들었다.

진화론 대 창조론. 어떻게 대답해야 할까? 나는 종교가 없고, 과학을 신뢰하기 때문에 진화론을 지지한다. 사실 지지라기보다는 당연히 진화론이 사실이라고 생각한다. 또한 우리나라 교육과정에서는 창조론을 인정하지 않는다. 그런데 기독교 집안에서 자라며 어렸을 때부터 교회에 다녔던 태언이가 "선생님, 사람은 하나님이 만들었죠?"라고 묻는다면 어떻게 대답해야 할까? 사실 태언이가 이 질문을 나에게 한 적이 있었다. 이미 쉬는 시간에 친구들과 진화론 대 창조론에 대해 이야기한 적이 있었나 보다. 태언이는 나에게 쪼르르 달려오더니 흥분한 목소리로 물었다.

"선생님, 사람은 하나님이 만들었죠?"

당연히 "그렇다."는 대답을 기대하는 표정이었다. 하지만 그때 나는 이렇게 대답했다.

"태언이는 하나님이 사람을 만들었다고 생각하는구나. 그런데 과학자들은 아주 오래 전 작은 생명체가 진화해서 사람이 되었다는 사실을 발견했어."

이 말은 태언이의 세계관을 완전히 무너뜨린 대답이었을 것이다. 지금도 내 말을 듣고 굉장히 당혹해 하던 태언이의 표정을 잊을 수 없다. 과연 내 대답이 적절했던 것일까?

우리의 소원은 통일

예비군 훈련에 참석하기 위해 공가를 내고 학교에 나오지 못한 날이 있었다. 우리 선생님 어디 갔냐는 아이들의 질문에, 보결로 들어오신 선생님께서는 내가 군대에 갔다고 말씀하셨나 보다. 다음 날 학교에 가니 아이들이 난리다.

"선생님, 왜 어제 학교 안 왔어요?"

"선생님, 군대 안 갔다 왔어요?"

"어제 군대 갔어요?"

말이 나온 김에 분단이라는 우리나라의 아픔에 대해서 이야기해줬다. 아이들은 남한과 북한에 대해 어렴풋이 알고 있었다. 칠판에 크게 우리나라 지도를 그리고, 절반을 싹둑 잘라 선을 긋고 나서 아래쪽에는 남한이라고 쓰고 위쪽에는 북한이라고 썼다. 그때 책을 많이 읽은 지호가 말했다.

"원래는 하나의 나라였는데 전쟁을 해서 남한하고 북한으로 갈라졌지요?"

"맞아. 지호가 잘 알고 있네."

"북한은 가난한데도, 무기에 투자를 많이 하니까 전쟁을 하면 우리가 질 수도 있지요?"

지호는 마치 군사 전문가나 되는 것처럼 이야기를 계속 늘어놓았다. 지호의 설명이 끝나자 나는 분단의 가슴 아픈 역사를 실감 나게 이야기해줬다. 무엇보다도 우리나라의 전쟁은 아직 완전히 끝난 것이 아니라 잠시 쉬고 있는 것이기 때문에, 너희가 어른이 되면 싸우지 않고 꼭 통일을 이루라고 강조하며 이야기를 마쳤다. 그러자 다은이가 걱정스러운 표정으로 물었다.

"그럼 선생님은 이제 군대 가서 학교에 안 와요?"

"아니야. 지금은 군인 아저씨들이 우리나라를 잘 지키고 있으니까 선생님은 이제 군대 안 가도 돼."

다은이는 손으로 가슴을 쓸어내리며 "휴, 다행이다."라고 말한다. 나는 마지막으로 아이들에게 물었다.

"우리나라와 북한이 계속 싸우면 좋겠어요? 아니면 사이좋게 통일이 되면 좋겠어요?"

"통일이 되면 좋겠어요!"

언젠가 이 아이들이 평화 통일의 주역이 되기를 기원한다.

실패한 위로

1교시에 강당에 가서 손 씨름 놀이를 했다. 손 씨름 놀이는 서로의 손을 밀쳐서 균형을 잃고 넘어진 사람이 지는 게임이다. 한창 놀이를 하고 있는데, 서윤이가 내 다리에 매달려 울음을 터트렸다. 다른 아이들이 순서를 기다리고 있었기 때문에 서윤이는 수업 진행을 방해하게 되었다. 난 서윤이가 친구와 사소한 일로 다투었을 거라고 지레짐작하고는 왜 우는지 묻지도 않고 매몰차게 말했다.

"울지 말고 자리로 들어가서 앉아있어."

그런데 서윤이는 자리로 돌아가지 않고 강당 커튼 뒤로 쪼르르 달려가 숨더니, 나올 생각을 하지 않았다. 강당 커튼이 뜯어질까 봐 나는 버럭 화를 냈다.

"김서윤! 강당 커튼 만지지 말고 빨리 나와!"

삐죽거리며 나온 서윤이는 강당 바닥에 털썩 주저앉았다. 여전히 나는 그 모습을 무시하며 손 씨름 놀이를 진행했다.

수업이 모두 끝나고 서윤이가 나에게 왔다,

"선생님, 저 아까 왜 울었는지 알아요?"

"아까 왜 울었어?"

"저는 힘이 약해서 강당 시간에 맨날 져요. 엉엉."

서윤이는 다시 서럽게 울기 시작한다. 갑자기 나도 눈물이 왈칵 나왔다.

서윤이는 눈에 띄게 키가 작고 힘이 약하다. 물병 뚜껑도 열지 못해서 항상 나에게 열어달라고 부탁하는 아이이다. 그런 서윤이가 힘을 겨루는 놀이에서 지는 것은 당연한 일이다. 그런데 나는 그동안 수업을 하면서 서윤이의 신체적 특성은 전혀 고려하지 않았다. 게다가 오늘은 자기가 늘 진다는 슬픔에 선생님께 매달려 응석을 부렸는데, 그 선생님이란 사람은 무슨 일이냐고 물어보지도 않고 매몰차게 혼을 냈다. 생각이 여기까지 미치자 죄책감과 미안함이 들었다. 세상에 이런 나쁜 선생님이 또 있을까 하는 생각도 찾아왔다. 나는 서윤이를 다독이며 어떻게 할까 생각하다가 좋은 생각을 떠올렸다.

"그래도 서윤이는 가위바위보를 잘하잖아!"

이렇게 말하고 서윤이 눈앞에 주먹을 흔들며 다 들리게 중얼거렸다.

"선생님은 주먹 내야지. 가위바위보 할 때 선생님은 주먹 내야지."

이쯤 되면 눈치를 챘겠다 싶어서 가위바위보를 제안했다.

"선생님이랑 가위바위보 해볼래?"

"네."

"가위 바위 보!"

나는 주먹을 냈는데 서윤이가 가위를 냈다.

"이거 봐요, 나는 가위바위보도 못해. 엉엉."

서윤이는 내 품 안에 안겨 아까보다 더 서럽게 운다.

딱히 해줄 말이 떠오르지 않아 미안하다는 말만 연신 반복했다.
어설프게 떠올린 위로가 실패하며 오늘 하루도 끝이 났다.

아빠와 딸

놀고 있는 다은이에게 장난을 걸었다.

"딸! 일루 와봐."

다은이는 눈 하나 깜박하지 않고 응수한다.

"응, 아빠."

선생님도 몰라

교사가 학생들에게 "모른다."고 고백하는 것은 참 어려운 일이다. 고학년 담임일 때는 선생님도 잘 모르니까 찾아보고 알려준다는 말이 어렵지 않게 나왔는데, 1학년 담임을 맡으니 선생님도 잘 모르겠다는 말이 쉽게 나오지 않았다. 선생님은 엄마 아빠보다 똑똑하고 뭐든지 안다고 생각할 아이들에게 "선생님도 잘 몰라."라고 말하는 일이 내키지 않았기 때문이다. 아이들이 '선생님이 모를 수도 있지.'라고 생각하지 않고 '선생님이 그것도 몰라?'라고 생각할까 봐 두렵기도 했다.

우리나라 전통에 대해 공부하는 시간이었다. 여러 내용 중 온돌에 관련된 내용이 나왔다. 온돌은 여름에 시원하고 겨울에 따뜻하며 취사와 난방을 동시에 해결하는 과학적이고 효율적인 난방 방식이라고 침을 튀겨가며 설명하는데, 문득 예준이가 손을 들고 질문했다.

"선생님, 그거 여름에는 덥지 않아요?"

생각해보니 그렇다. 온돌은 취사와 난방을 한 번에 해결할 수 있지만, 취사를 하면 난방이 되니 여름에는 불편한 방식이다. 겨울에만 밥을 할 수도 없는 일인데 여름엔 뜨겁지 않을까? 물론 조상들이 바보처럼 그렇게 살진 않았을 테니 뭔가 정답은 있을 것이다. 하지만 난 그 답을 알 수 없었다. 이런 상황이 되니 당황스러웠다. 조금 전까지 침을 튀겨가며 온돌의 우수성을 외쳤는데, 온돌에 대한 질문에 모르겠다고 답하면 얼마나 꼴이 우스운가! 앞을 보니 30명이 아이가 내 대답을 기다리고 있었다. 어떻게 해야 할까 망설여졌다. 나는 온돌 집에서 살아본 경험이 없었다. 어렸을 때 시골에 있는 할머니 집이 온돌 집이었지만, 불을 지피면 방이 뜨거워진다는 사실 외에는 온돌에 대해서 아는 것이 없었다. 하지만 모른다고 말할 수 없으니 그럴듯하게 지어내야 했다. 그때 마침 할머니 집에 아궁이가 3개 있었던 것이 떠올랐다.

"온돌에 불을 땔 때, 방까지 연결된 아궁이가 있고 연결되지 않은 아궁이도 있어서 여름에는 방이 안 따뜻해지는 아궁이를 써요."

예준이가 "아~"하며 고개를 끄덕였다. 하지만 내 얼굴은 화끈거렸다. 정말이지, 쥐구멍에라도 숨고 싶은 심정이었다. 아이들이 모두 돌아가고 난 뒤 나는 온돌에 대해서 찾아봤다. 온돌은 '난방과 취사를 동시에 할 수 있는 과학적인 방식'이라며 단순히 한 문장으로 정리할 수준이 아니었다. 결국 온돌에 대해 여러 정보를 찾아본 끝에 예준이가 내게 했던 질문의 답을 찾을 수 있었다. 여름에는 뒷마당에 따로 화덕을 설치해서 취사를 했다는 것이 정답이다. 그렇다! 할머니 집에도 부엌 밖에 따로 솥이 걸려있었다!

다음날 아이들에게 선생님이 어제 잘못 알려줬다며 다시 말해줄까 하다가 그만뒀다. 진실보다 내 알량한 자존심을 택한 것이다. 교대 1학년 초등교육론 강의 시간에 들었던 내용이 생각났다.

[교육의 질은 교사의 질을 넘지 못한다.]

이 말의 의미를 알게 된 부끄러운 날이었다.

특수상대성이론

아인슈타인의 특수상대성이론에 따르면 시간은 관찰자의 운동 상태에 따라 다르게 감지된다. 시간은 절대적인 개념이 아니라 상대적인 개념이라는 말이다. 난 이 말을 외우고 있었지만 사실 무슨 말인지는 잘 몰랐다. 오늘의 일이 있기 전까지는.

1교시 쉬는 시간이 끝나고 수업 시작종이 울렸는데 민준이가 나에게 다가왔다.

"선생님, 시간이 왜 이렇게 빨리 가요?"

"민준이가 재미있게 놀았나 보네. 벌써 쉬는 시간이 끝나서 아쉽다."

"시간이 빨리 갔으니까 더 놀아요."

"까불지 말고 얼른 들어가."

2교시 수업이 시작되었다. 아이들이 글을 쓰고 있어서 교실을 돌아다니며 봐주는데, 준서가 나에게 물었다.

"선생님, 긴 바늘이 6에 갈 때까지 어떻게 기다려요?"

준서가 말한 '긴 바늘이 6에 갈 때'는 10시 30분, 즉 중간놀이 시간을 의미한다.

그 순간 특수상대성이론의 의미를 깨달았다. 쉬는 시간에 놀던 민준이에게 시간은 빠르게 흘렀고, 수업 시간에 공부하던 준서에게 시간은 천천히 흐른 것이다. 그렇게 관찰자의 운동 상태에 따라 시간이 다르게 흐른다는 사실을 알게 되었다. 오늘도 아이들을 통해 무언가를 배운다.

창밖을 보라

국어 시간에 '여우와 두루미'라는 동화를 읽고 있었다. 그런데 민준이가 갑자기 소리를 질렀다.

"와! 눈 온다!"

창밖으로 하얀 눈이 펑펑 쏟아지고 있었다. 동화를 읽던 아이들의 시선은 일제히 창문을 향했다. 그리고 "와, 눈이다."를 연발하던 아이들은 갑자기 노래를 부르기 시작했다.

"창밖을 보라~ 창밖을 보라~ 흰 눈이 내린다~"

눈이 내린다며 노래를 부르는 순수한 1학년 아이들을 보니 마음이 뭉클해지며 눈물이 나왔다. 자연스럽게 내리는 눈을 보며 '운전하기 힘들겠네.'라고 생각한 내 모습과 비교가 되었다. 동심. 오늘 그 말의 의미를 느낄 수 있었다.

배려

‘여우와 두루미’는 입이 납작한 여우와 입이 길쭉한 두루미가 서로를 배려하지 못해 둘 다 맛있는 음식을 먹지 못했다는 이야기이다. 이 이야기를 읽고 아이들은 배려라는 것을 배웠다. 서로 배려하지 않아 음식을 먹지 못하는 여우와 두루미를 보며, 아이들을 남을 배려해야겠다고 다짐했다. 나는 배려에 대해 구체적으로 설명하기 위해 자리 청소를 예로 들었다.

“자기 자리만 청소하는 것보다 친구 자리도 조금씩 청소해주는 것이 남을 배려하는 모습이에요.”

수업이 끝나자 민준이가 손에 종이 쓰레기와 먼지를 가득 담고는 나에게 자랑스럽게 말했다.

"선생님! 저 배려했어요!"

교사의 말이 갖는 힘을 새삼 느꼈다. 내가 하는 말 하나하나가 아이들에게 영향을 미친다고 생각하니, 아이들 앞에서 말과 행동을 더욱 조심해야겠다는 생각이 들었다.

환상

'아이들은 선생님이 화장실에 안 간다고 생각한다.'는 말을 농담처럼 생각했다. 그런데 그 일이 실제로 일어났다. 쉬는 시간에 분필가루가 묻은 손을 씻고 화장실에서 나오는데, 지아와 다은이가 내 뒤를 졸졸 따라왔다.

"선생님, 어디 갔다 왔어요?"

"화장실 갔다 왔어."

"선생님 쉬 싸고 왔어요?"

"아니, 손 씻고 왔어."

"선생님도 쉬 싸요?"

"응? 당연하지."

선생님도 쉬를 싼다는 말에 서로를 쳐다보며 킥킥 웃는다.

“키키키. 진짜요? 진짜 선생님도 쉬 싸요?”

지아와 다은이가 진실을 알게 된 며칠 뒤, 화장실에 가는데 이번에는 석현이가 졸졸 따라왔다.

“선생님, 쉬 싸러 가요?”

“응”

석현이가 손을 나팔 모양으로 만들어 입에 대고 외친다.

“와아아! 선생님 쉬 싼대!”

석현이의 외침을 들은 아이들이 하나둘 몰려왔다. 화장실 가는 것을 포기할 수밖에 없었다.

“아니야. 안 갈 거야.”

이 아이들을 나에 대해서 정말 많은 환상을 가지고 있나 보다.

산타할아버지

크리스마스가 다가오자 아이들은 산타할아버지와 선물로 이야기꽃을 피운다. 작년 크리스마스에 받았던 선물과 이번 크리스마스에 받고 싶은 선물을 서로 이야기하며, 올해는 산타할아버지가 어떤 선물을 줄까 하며 기대하는 모습이 귀여웠다. 물론 진실을 알아버린 아이들도 있었다. 산타할아버지는 없다며 그거 다 엄마, 아빠가 주는 선물이라며 어른인 척을 한다. 그러면 아직 어른들의 하얀 거짓말에 속고 있는 아이들은 우리 엄마가 산타할아버지는 있다고 말했다며 열변을 토한다. 그때 지혜가 작년에 받은 선물을 자랑했다.

"선생님, 저 작년에 산타할아버지가 부츠를 선물로 줬어요."

"우와, 예쁜 부츠를 선물 받아서 좋았겠네."

"네, 근데 좀 이상했어요."

"왜?"

"산타할아버지는 원래 굴뚝으로 와서 선물을 주지 않아요?"

"응, 그렇지. 산타할아버지는 굴뚝으로 들어오지."

"근데 작년에 택배로 부츠 선물해줬어요."

웃음이 터졌다. 순진한 표정으로 택배 선물을 주는 산타할아버지가 이상하다고 하는 지혜의 귀여운 모습을 보고 웃지 않을 수 없었다.

"사실 산타할아버지는 너무 바쁘셔서 가끔 택배로 선물을 주기도 해. 하하하."

"그래요? 근데 왜 선생님 계속 웃어요?"

눈물까지 흘리며 웃는 나를 보며, 지혜는 한참 동안 의심스러운 표정을 하고 있었다.

한가한 선생님

점심시간이 끝나고 교실에서 일을 하는데, 하은이가 조심스럽게 물었다.

"선생님, 한가해요?"

'바빠요?'가 아니라 '한가해요?'라고 물어본 것이다. 나는 할 일이 많았지만 무슨 일인가 싶어 한가하다고 대답했다.

"그럼 책 읽어주세요."

하은이는 내 손을 잡아끌며 도서관으로 갔다. 가는 길에 지유를 만났다. 지유는 입학하고 단 한 번도 내게 먼저 말을 걸지 않은 아이였다.

"지유아, 너도 같이 도서관 갈래?"

하은이가 지유의 손을 잡자 지유가 고개를 끄덕이며 따라왔다.

“잠깐 여기서 기다려요.”

하은이는 도서관에 마련된 작은 방에 나를 밀어놓고서는 ‘방귀 며느리’라는 그림책 한권을 가지고 왔다. 입으로 방귀 소리를 “뿡, 뿡” 내며 읽어주니, 아이들은 입을 틀어막고 깔깔대며 웃는다. 나는 소박맞은 며느리가 떠나는 그림을 펼쳐 보이며 물어봤다.

“지유야, 며느리 보니까 어떤 것 같아?”

“너무 불쌍해요.”

“왜 불쌍해?”

“방귀 뀐다고 쫓겨나니까 너무 불쌍해요.”

책을 읽어주며 평소에 대화를 잘 해보지 못했던 지유와도 많은 이야기를 나눴다. 방귀 며느리 한권을 다 읽자, 하은이가 잠깐 기다려 보라며 다른 책을 가지고 왔다. 아버지 찾는 ‘유리 이야기’를 듣던 아이들은 유리가 아버지를 찾자 두 손을 들고 환호했다. ‘유리 이야기’가 끝나자 또 다른 책을 가지고 오더니 엎드려 손에 턱을 받쳤다. 그렇게 또 책을 읽어주고 있는데 하은이가 말했다.

“저, 집에서 아빠한테 자기 전에 책 읽어달라고 해요.”

“그럼 아빠가 책 읽어줘?”

“아뇨. 엄마한테 시켜요.”

1학년답게 솔직한 대답이다. 세 번째 책이 끝나자 하은이가 지유

손을 붙잡고 말했다.

“이제 방과 후 가자.”

그러더니 고맙다는 말도 없이 나에게 손을 흔들며 “안녕.”하고 떠나버렸다. 뭔가 이용당한 느낌이지만 기분이 나쁘지는 않다. 동화 속에나 나올 법한 책 읽어주는 따뜻한 선생님이 된 것 같아 뿌듯하다.

그 마음 변치 말길

1학년이 끝나간다. 종업식이 며칠 남지 않은 어느 날, 다은이가 내게 슬픈 표정으로 말했다.

"이제 세 밤만 자면 1학년 끝나요."

"그러게. 2학년 되면 선생님 못 보겠네."

"아니에요. 쉬는 시간에 선생님 보러 갈 거예요."

"선생님 어디 있는지 모르잖아."

"학교 돌아다니면서 뒷문으로 몰래 보다가, 선생님을 찾으면 들어갈 거예요."

선생님을 찾아온 학교를 돌아다니겠다는 다은이의 대답에 감동받는다. 그 마음이 변하지 않기를…….

원수를 사랑하라

6학년을 맡았을 때와 다르게, 1학년 담임이 되자 아이들에게 화를 많이 낸 것 같다. 아이들의 마음을 이해하지 못하고 교사로서 유능하지 못한 나에 대한 분노였지만, 어쨌든 그 화풀이 대상은 아이들이었다. 그중에서도 특히 주원이에게 화를 많이 냈다. 내가 보기에 마음에 들지 않은 모습이 많았나 보다. 물론 주원이는 밝은 아이여서, 화낸 뒤 미안한 마음에 사과하면 늘 "으헤헤" 웃으며 내게 안기곤 했다.

주원이에게 화를 낸 어느 날이었다. 내 눈치를 살피는 주원이를 보니 죄책감이 들었다. 주원이가 어른이 되었을 때 나를 어떻게 기억할까? 크게 소리 지르고 무섭게 혼내던 선생님으로만 기억하는

게 아닐까? 미안한 마음에 이내 주원이를 불렀다.

"주원아, 선생님이 화내서 정말 미안해."

"으헤헤. 선생님 좋아요."

"선생님이 좋아? 맨날 화만 내잖아."

"그래도 좋아요."

주원이를 사랑해야 할 나는 정작 그렇지 못하고 있는데, 사랑을 받아야 할 주원이가는 조건 없이 나를 사랑해준다. 더 미안한 마음이 들어 주원이를 꼭 안아줬다.

"주원아, 커서 꼭 훌륭한 사람이 되어라."

"네."

대답을 한 주원이는 내 눈치를 살피더니 입술을 쭉 내민다. 얼굴을 붙잡고 가짜 뽀뽀를 해주었더니, 주원이는 내 얼굴 곳곳에 침을 묻혀가며 뽀뽀하기 시작했다. 원수를 사랑하라는 말을 주원이는 몸소 실천하고 있었다.

1학년 선배님

신입생들이 입학할 때가 되니, 학교 근처 유치원에서 초등학교 견학을 오겠다고 했다. 흔쾌히 우리 반을 둘러보라고 답하고, 유치원 아이들과 선생님들을 맞이했다. 유치원 아이들은 초등학교 교실이 신기했는지 여기저기를 살펴봤다. 우리 반 아이들의 양해를 구하고 유치원생들을 자리에 앉혔다. 그러자 유치원 선생님은 친절하게 말씀하셨다.

"꽃잎반 친구들~ 초등학교 책상에 앉아보니까 어때요?"

유치원 아이들은 가방걸이를 만지작거리고, 책상 서랍 속에 손을 넣기도 하며, 연신 신기하다는 말을 내뱉었다.

"초등학교 선생님이나 1학년 선배님들에게 궁금한 것 있어요?"

‘1학년 선배님’이라는 말에 나 혼자 웃음이 터졌다. 하지만 유치원 아이들은 선생님 말씀이 끝나기가 무섭게 손을 들어 질문하기 시작했다.

“왜 초등학교에는 TV가 있어요?”

“왜 초등학교에는 칠판이 크게 있어요?”

“왜 교실에서 밥을 안 먹고 급식실에 가서 먹어요?”

“왜 꽃잎반, 개나리반이 아니라 1반, 2반이에요?”

“왜 창문이 크게 있어요?”

쏟아지는 질문 세례에 식은땀이 흘렀다. 유치원 아이들 수준에 맞는 적절한 대답이 생각나지 않자, 우리 반 아이들에게 부담을 떠넘겼다.

“궁금한 게 많구나? 그럼 1학년 선배님들한테 물어볼까? 예준아, 왜 우리 반 교실에는 TV가 있을까?”

예준이는 흠칫 놀랐다.

“아, 그게…….”

잠깐 고민하던 예준이는 TV가 있는 이유에 대해 설명하기 시작했다.

“초등학교에서는 TV로 공부도 하고 알림장도 써야 해서 TV가 꼭 필요해.”

명쾌한 대답이었다. 그러자 유치원 선생님은 역시 1학년 선배님들은 아는 것도 많다며 추켜세워 주셨다. 이어진 여러 질문에도 우리 1학년 선배님들은 막힘없이 대답했다. 내 앞에서는 아무것도 모르는 철부지 아이들인데, 더 어린 동생들 앞에 서니 나름대로 의젓한 초등학생의 모습이 되는 것이 신기했다. 1년 전만 해도 똑같은 유치원생이었을 텐데. 그동안 많이 컸구나 하는 생각이 든다.

공교육정상화법

칭찬카드 만들기 시간에, 민서가 내게 물었다.

"선생님, 알라뷰 어떻게 써요?"

칠판에 영어로 'I love you'를 쓰고 따라 써보라고 했다. 그때 불현듯 머리를 스치는 생각이 있었다.

'이걸 알려줘도 되나?'

나는 자기 검열을 하고 있었다. 작년부터 공교육정상화법이 시행되었다. 이 법의 주요 내용 중 하나가 교육과정을 벗어난 선행 학습의 금지다. 초등학교에서는 3학년부터 영어 수업을 받기 때문에, 1-2학년은 영어과 교육과정이 편성되지 않았다. 그래서 혹시나 법

률 위반이 아닌지 걱정되었던 것이다.

물론 내 생각은 기우였다. 1학년생이 'I love you'를 쓰는 방법을 물었을 때 답해주는 것은 이 법에 저촉되는 일은 아니다. 하지만 이런 생각은 들었다. 교육을 법과 규제로 제한하면 교사의 자유로운 교육 활동도 방해될 수 있겠다는 생각 말이다. 지금의 나는 자율성과 전문성을 존중받는 교사인가?

이제 안녕

종업식이다. 공식적으로 1학년 아이들과 헤어지는 날이기도 하다. 민서는 아침부터 슬픈 표정을 지으며, 끝날 때까지 선생님과 안 떨어진다고 날 꼭 붙잡고 있다. 서연이는 선생님과 친구들과 헤어질 생각에 아침부터 눈물 바람이다. 안타깝게도 방과 후 수업이 있는 날이기 때문에 아이들과 슬픔을 나눌 여유도 없이 4교시가 끝나면 교실을 비워줘야 한다. 그렇게 지난 1년의 추억을 되새기다보니 어느덧 4교시가 끝났다.

"이제 더 이상 이 교실에 오지 않습니다. 3월에 개학하면 2학년 새 교실로 가세요. 그리고 오늘은 수학부 수업이 있으니, 교실에 남아있지 말고 자기 물건을 모두 챙겨서 집으로 가세요."

끝나자마자 자기 물건을 잘 챙겨서 집으로 가라는 말을 세 번쯤 반복하며 강조했다. 그때 예준이가 조심스럽게 손을 들었다.

"선생님, 끝나고 교실 한번 둘러보고 가도 돼요?"

예준이 말을 들으니 내가 6학년 때 졸업하던 날이 생각났다. 졸업식이 끝나고 교실로 돌아와 마지막 인사를 하고, 학교를 떠난다는 아쉬움에 교실을 한 바퀴 휙 둘러본 기억이 난다. 그리고 복도를 걸으며 복도에 붙은 그림을 머릿속에 차곡차곡 담으며 학교를 나섰다. 다시는 이 교실과 이 복도를 볼 수 없다는 사실에 아쉬운 마음이 가득했었다. 예준이의 마음도 나와 같았을까?

에필로그

이 책은 1학년 아이들과 함께한 지난날의 행복한 추억이기도 하지만, 한편으로는 부끄러운 과거이기도 하다. 우리 반 교실 칠판에는 움푹 파인 동그란 자국 3개가 있다. 아이들에게 조용히 하라며 지시봉으로 칠판을 '땅·땅·땅' 때려서 생긴 자국이다. 칠판을 지울 때, 이 자국이 있는 부분은 항상 잘 닦이지 않아서 힘을 더 줘야만 했다. 그렇게 학기 초에 파인 이 자국은 지워지지 않는 낙인이 되어 일 년 동안 내 마음을 불편하게 했다. 칠판을 사용할 때마다 눈에 들어오던 이 자국은 마치 교사로서 무능한 나의 모습을 보는 것만 같았다.

솔직히 고백하자면, 1학년 아이들과 함께한 지난 1년은 굉장히 힘들었다. 우리 반 아이들은 내가 없을 때면 칠판에 낙서를 가득해 놓고 종이를 찢어서 교실에 버려 놓았다. 우유는 다 마시지 않고 던져서 교실 바닥에 우유가 흥건할 때도 많았다. 아이들이 돌아간 교실 밖 복도에는 신발장에 들어가지 못한 실내화들이 어지럽게 나뒹굴곤 했다. 복도에서 소리를 지르며 뛰어다니는 아이들도 십중팔구 우리 반 아이들이었다. 처음에는 아이들을 탓했다. 그래서 무섭게 화를 내고 벌을 주기도 했다. 그런데 여섯 개의 1학년 반 중 그런 모습은 우리 반에서만 볼 수 있었다. 다른 반 1학년 아이들은 달랐던 걸까? 그럴 리가 없지 않은가. 1학년은 다 비슷한 1학년이다. 결국 아이들이 문제가 아니었단 말이다. 문제는 나였다. 우리 반 아이들은 무능한 초보 선생님을 만나서, 다른 아이들보다 배우고 성장할 기회를 많이 얻지 못했다.

교육은 젊은 열정과 패기만으로 할 수 있는 것이 아니었다. 다양한 경험과 고민 없이 열정만 넘치는 교사는 참 교사인 척하지만 사실 오만한 교사가 될 뿐이었다. 나에게 지난 일 년은 교사로서 크게 성장할 수 있는 시간이었다. 조금 더 겸손해지고 조금 더 배워야겠다. 먼 훗날 제자들을 다시 만났을 때 '그때 그 일을 기억하면 어쩌지?'라며 전전긍긍하지 않도록 말이다.

모두가 달라서 모두가 좋다.